KB180835

그린
펜션

그린펜션

© 김제철, 2020

1판 1쇄 인쇄__2020년 1월 15일
1판 1쇄 발행__2020년 1월 25일

지은이__김제철
펴낸이__홍정표
펴낸곳__작가와비평
　　　　등록__제2018-000059호
　　　　이메일__edit@gcbook.co.kr

공급처__(주)글로벌콘텐츠출판그룹
　　　　대표__홍정표 이사__김미미 편집__김봄 이예진 권군오 홍명지
　　　　기획·마케팅__노경민 이종훈
　　　　주소__서울특별시 강동구 풍성로 87-6(성내동)
　　　　전화__02) 488-3280 팩스__02) 488-3281
　　　　홈페이지__http://www.gcbook.co.kr

값 12,800원
ISBN 979-11-5592-242-2 03810

※ 이 책은 2018년도 한양여자대학교 상반기 교내연구비 지원으로 만들어졌습니다.
※ 이 책은 본사와 저자의 허락 없이는 내용의 일부 또는 전체의 무단 전재나 복제, 광전자 매체
　　수록 등을 금합니다.
※ 잘못된 책은 구입처에서 바꾸어 드립니다.

김제철 소설

그린
펜션

작가와비평

목 차

그린펜션

그곳은 원래 스산하고 을씨년스럽다 못해 음산한 느낌마저 자아내던 곳이었다. 북향의 돌산은 경사가 가팔라서 절벽 같았고 그 아래로는 내(川)가 흐르고 있었다. 그러나 그 내가 수량(水量)은 적지 않았지만 늘 산 그림자에 덮여 있어 겨울은 물론 한여름에도 사람들이 별로 찾지 않는 듯 황량하기만 했다.

오랫동안, 아마 수백 년 혹은 그 이상의 세월 동안 그곳은 그렇게 버려진 모습으로 저 혼자 시간의 켜를 쌓고 있었다.

1

　백경훈이 그 풍경을 처음 본 것은 대략 삼십여 년 전쯤이었다. 대학을 졸업하고 대학원 재학 중 사법고시에 합격한 이듬해였다. 그때 그는 난생 처음으로 아버지와 단 둘이서 여행을 했다. 목적지는 물 맑기로 명성이 높은 C군(郡)이었다. C군에는 한 번도 가 본 적이 없는 아버지의 외가가 있었다.

　아버지가 여름휴가 차 당신의 외가를 찾기로 한 건 특별한 일이 있어서였는지 아니면 아들이 비교적 이른 나이에 사법고시에 합격한 걸 자랑하고 싶었던 건지는 알 수 없었다. 어쩌면 둘 다였을지도 몰랐다. 당시 아버지도 남쪽 항구도시에서 검사로 법조인 생활을 하고 있었다.

　그가 운전하는 차가 성천시(城川市) 시내를 벗어나 C군 방향으로 십여 킬로미터쯤 달렸을 때 아버지가 조금 쉬다 가자고 했다. 차를 멈춘 곳은 내를 가로지르는 짧은 시멘트 다리를 막 통과한 지점이었다. 차에서 내린 아버지는 다리 초입에 서서 주변을 말없이 둘러보았다. 여름인데도 사람이 없어 쓸쓸하고 황

량한 풍경이었다. 아버지는 담배를 두 대나 태우면서 시간을 끌었다. 목적지인 C군으로 가자면 아직 두 시간 가까이 달려야 했다.

아버지가 옆자리에 오르자 그는 다시 북쪽으로 차를 몰았다. 그곳에서 북쪽으로 향하는 길 주변은 조금 전까지와 달랐다. 길 양 옆으로 플라타너스가 길게 이어진 풍경이 마치 영화 ≪제 3의 사나이≫의 마지막 장면을 연상시켰다. 그리고 여름의 끝자락이라 아직 수확철이 아니었지만 가로수 뒤로 마을 대신 파란 사과알들을 듬뿍 매단 사과나무가 **빼곡한** 과수원들이 끝없이 이어지고 있는 모습도 인상적이었다.

펜션 테라스에 비치된 파라솔 아래 앉아 백경훈은 건너편 수변공원을 무연히 바라보았다. 삼십 년. 결코 짧은 시간은 아니었지만 잘 단장된 공원을 보고 있자니 정말 격세지감이란 말이 무색하지 않다는 생각이 들었다. 그때 펜션 앞 진입로로 고급 세단 한 대가 들어오고 있었다. 아침에 펜션을 **빠**져나갔던 바로 그 차였다. 차는 국산이었다.

그만 일어닐까 하는데 한 남자가 테라스로 통하는 문을 열고 들어섰다.

"아이구, 누가 계셨네요."

아마도 조금 전 그 세단을 타고 온 사람인 듯했다. 남자는 사십대 중반쯤으로 보였다.

"아, 예……"

"같이 앉아도 되겠습니까?"

남자가 백경훈에게 양해를 구했다.

"그럼요."

백경훈이 맞은편 빈 의자를 손으로 가리키며 대답했다.

남자가 의자에 앉으며 백경훈에게 명함을 내밀었다. 백경훈은 그가 평소 상당히 자신감이 넘치는 사람일 것 같다는 생각을 했다. 그렇잖다면 생면부지의 사람에게 대뜸 명함을 건네진 않을 터였다. 이지환. 성천농산 대표. 명함에는 그렇게 적혀 있었다.

상대가 명함을 건네는 바람에 백경훈도 할 수 없이 자신의 명함을 꺼내 건넸다.

"학장이라면…… 교수님이시군요?"

명함을 받아든 이지환이 약간 주눅이 든 얼굴로 확인하듯 물었다.

"그래요."

이지환이 알겠다는 듯 고개를 끄덕이더니 공원 쪽을 한번 돌아다보고는 말을 이었다.

"이 펜션엔 자주 오십니까?"

"이번이 두 번쨉니다."

"아, 예. 그러시군요."

이지환이 조금 전과 똑같은 표정으로 고개를 끄덕거렸다. 이번엔 백경훈이 물었다.

"혹시 정치에 관심을 갖고 계시오?"

그러자 이지환의 얼굴에 당황하는 빛이 떠올랐다.

"왜 그런 생각을 하시지요?"

"그냥 그런 생각이 들어서요."

백경훈이 가볍게 웃으며 이지환의 표정을 살폈다.

"실은 다음 번 시의원 선거에 한번 나가볼까 막연히 생각은 하고 있습니다만 학장님께서 그걸 꿰뚫어보시니 놀랍습니다. 어떻게 아셨습니까?"

"글쎄, 변호사 시절의 나쁜 습성이 남아 있어서 라고나 할까요."

"변호사를 하셨습니까?"

"그렇소."

"그런데 나쁜 습성이라는 건 무슨 말씀이신지요?"

"변호사의 일이란 게 억울한 사정에 처한 사람을 도와주는 건데 의뢰인을 만나면 소송비용은 제대로 댈 수 있는 사람인가부터 살피게 되지요."

"설마요."

"이쪽에선 최소한의 실비를 청구한다고 해도 의뢰인의 입장에선 소송비용이 부담이 되는 경우가 있거든요."

"아, 예……."

"그래서 더러 변호사는 좋은 직업이 못 되지요. 그러던 차 로스쿨 제도가 생기면서 대학으로 옮겼어요."

"그러셨군요. 그런데 제가 정치에 마음이 있다는 건 어떻게 아셨습니까?"

이지환은 그게 못내 궁금한 모양이었다.

"뭐, 특별한 이유는 없어요. 대표님은 첫눈에 에너지가 넘치는 분 같아 보였어요. 개인에게 필요한 이상으로요. 그럴 경우 대체로 하게 되는 게 정치지요."

"그렇습니까……"

백경훈의 대답이 썩 명쾌하게 받아들여지지 않는지 이지환이 살짝 고개를 갸웃거렸다.

그러나 그건 사실이었다. 백경훈이 맨 먼저 주목한

것은 처음 보는 사람에게 주저하지 않고 자신의 명함을 내미는 이지환의 적극적인 태도였다. 그리고 그가 몰고 온 고급 세단으로 그런 심증은 조금 더 굳어졌다. 성천이란 지명을 그대로 상호로 사용하는 것으로 봐서 이지환의 사업체는 상당한 수준일 것으로 짐작되었다. 그런 그라면 거래처나 고객들에 대한 신뢰를 위해서라도 외제차를 선호할 터였다. 그의 고급 세단은 웬만한 외제차 가격에 뒤지지 않는 차종이었다. 그럼에도 불구하고 국산차를 고수하는 것은 그가 현재 공직에 있거나 장차 공직을 원하는 사람일 가능성이 컸다.

백경훈이 보기에 이지환은 문화적 소양이 풍부하거나 학식이 깊은 사람 같지는 않았다. 대신 비교적 선량하고 나름대로 신의가 있을 듯한 사람으로 느껴졌다.

"이 성천에 오래 사셨나 봅니다."

그러자 이지환이 또 놀라는 얼굴을 했다.

"학장님은 정말 예리하십니다."

"성천이란 상호를 선점하신 것 같아 그렇게 생각했을 뿐이에요."

"성천 토박이입니다."

"그런데 사투리를 별로 쓰지 않으시네요?"

"아닙니다. 사업상 외지 사람들을 만날 기회가 잦아 가급적 표준말 흉내를 내는 편이지만 이곳 사람들끼리 이야기할 땐 어김없이 사투리가 튀어나옵니다."

"허어, 그런가요."

백경훈이 별 의미 없이 낮게 웃었다.

"사실 아무리 표준말을 쓰려고 애써도 말끝에 묻어 있는 사투리 흔적이 잘 지워지지 않습니다."

"본래 경상도 사투리는 완전히 지우기가 어렵지요. 그보다 토박이시라니 하나 여쭤 봐도 될까요?"

"예, 말씀 하십시오."

"혹시 이 펜션에 대해 좀 아시오?"

"이 펜션요?"

"그래요. 두 번째 오는 거지만 이곳에 이런 펜션이 들어서 있다는 게 조금 납득이 되지 않아서……"

"학장님도 그런 느낌이 드셨군요."

펜션 이야기가 나오자 이지환의 얼굴에 활기가 돌았다.

"펜션이 들어설 만한 장소가 아닌 것 같아서요."

아버지와 처음 지나치고 몇 년 후 백경훈은 다시 이곳을 지나게 되었다. 자가용 승용차를 구입하면서 인근 지역을 여행하던 길이었다. 아마 여름이었을 것이다. 그때도 이곳의 모습은 전과 크게 다르지 않았고 여전히 주변은 삭막하고 음습한 분위기였다. 그러나 약간의 변화는 있었다. 많은 숫자는 아니었지만 천변으로 사람들이 모여들어 텐트와 파라솔을 쳐 놓고 물놀이를 하고 있었던 것이다. 하지만 그것은 지방자치가 실시되고 마이카 시대에 접어들면서 다른 지방에서도 가끔 볼 수 있던 풍경이기도 했다.

그랬는데 다시 몇 년 후 이곳을 지날 땐 분명한 변화가 느껴졌다. 천변이 일정 수준으로 정비가 되어 있고 어린 아이들을 데리고 물놀이를 하러 온 사람들의 숫자도 전보다 현저하게 많아 보였던 것이다.

그리고 다시 몇 년 후. 이곳은 국도변서부터 안쪽으로 진입로가 나고 주차장이 들어서는가 하면 캠핑장과 아이들의 물놀이 시설, 휴식을 위한 정자와 산책길, 방갈로가 조성되는 등 천변 전체가 수변공원으로 탈바꿈되었다. 놀라운 일이었다. 그러나 무엇보다 놀라운 것은 진입로 초입에 들어선 대규모 펜션이었다. 유럽풍의 그 펜션은 외양이 아름답기도 했지만 규모가 열 동(棟) 가량이나 되어서 보는 사람을 더욱 놀라게 했다.

그러나 수변공원이 조성되고 찾는 사람의 수가 다소 늘었다고 해도 대규모 펜션은 선뜻 이해하기 어려운 구석이 많았다. 펜션이라면 대개 깊은 산속이나 명승과 가까운 곳에 들어서는 게 일반적이었다. 거기에 비한다면 이 펜션은 마을도 없는 국도변에 위치했고 주변에 수변공원을 제외하곤 별다른 명승도 없었다. 그리고 그 수변공원마저도 캠핑장이 조성되어 있어 펜션을 찾는 손님은 그리 많지 않을 것 같았다.

"그런데 학장님께선 이 성천과 연고가 있습니까?"

이지환이 대답 대신 탐색하듯 백경훈을 보며 물었다.

"글쎄, 연고가 있다고 해야 하나…… 할아버지 대에 성천 읍내에서 사셨다는 얘긴 들었어요."

"그러셨군요."

"그렇지만 할아버지는 내가 태어나기 전에 돌아가셨고 나는 다른 도시에서 태어나고 자랐기 때문에 성천에 대해선 잘 몰라요."

"성천은 D시에서 동해 쪽을 잇는 교통의 요충지라

는 것과 사과의 주산지라는 사실을 **빼면** 크게 내세울
게 없는 곳입니다. 그나마 그 사과밭들도 많이 사라
졌구요."

"하긴······ 오래 전에 이미 많은 사과밭들이 복숭아
밭으로 바뀌었더군요."

"그래서 이젠 사과의 고장이란 말도 무색하지요.
그렇지만 성천이 결코 의미 없는 곳은 아닙니다."

이지환의 표정이 조금 진지해졌다.

"그런가요?"

"현대사에서 성천은 역사적으로 기억될 만한 두
가지 일이 있었습니다."

"두 가지 일이라면?"

"해방 직후 시월폭동과 육이오 때 성천전투입니다."

"시월폭동과 성천전투라······."

백경훈이 이지환의 말을 나직이 되뇌었다.

"혹시 시월폭동에 대해 들어보셨습니까?"

이지환이 백경훈의 얼굴을 보며 슬쩍 물었다.

"얼핏 들어는 보았지만 자세히 알지는 못해요."

시월폭동이란 해방 직후 D시와 그 인근 지역에서
좌익세력들이 봉기하여 공공기관과 경찰서, 자본가,

지주계급 등을 공격한 사건이었다. 그들 식으로 말하자면 일종의 프로레타리아 혁명이었다. 그 인근 지역엔 이 성천도 포함되었다. 그리고 D시를 제외하곤 성천이 가장 그 양상이 극심했다.

"저도 태어나기 오래 전에 일어났던 일이라 어른들로부터 간간이 주워들은 거지만 시월폭동은 이 지역에선 엄청난 사건이었습니다. 선비와 충절의 고장이라고 자부하던 곳에서 상상도 못 했던 그런 폭력적인 일이 일어났으니까요."

"당연히 그렇겠지요. 그런데 시월폭동이라는 말을 쓰시는군요?"

그러자 이지환의 얼굴에 순간적으로 긴장하는 빛이 스쳐갔다.

"달리 쓸 적당한 말이 있어야지요. 그런데 학장님은 그 사건을 폭동이라고 생각지 않으십니까?"

"뭐, 나도 그 표현이 틀리다고는 생각지 않아요. 요새 하도 다른 말로들 쓰고 하니까 오히려 낯설게 들려서……"

백경훈의 대답에 이지환이 안도하는 듯 짧게 숨을 뱉었다.

"누가 뭐래도 시월폭동은 남조선투쟁위원회 즉, 빨갱이들이 일으킨 사건입니다. 당시 성천 읍내에서만 스무 명 가까운 경찰이 살해당했으며 폭도들에게 납치당한 경찰도 오십 명에 이르렀다고 합니다. 실제로는 면 단위까지 포함하면 그보다 더 많았겠지요. 공공기관이 습격당하며 죽은 관공서원도 부지기수였구요. 발생 원인이야 어쨌건 그런 무자비한 반란을 두고 인민항쟁이니 뭐니 하는 게 과연 옳은 일이겠습니까. 아무리 세상이 좋아졌기로서니 그건 아니라고 생각합니다."

확신에 찬 이지환이 열변을 토하는 동안 백경훈은 고개를 돌린 채 수변공원 바라보았다. 오후가 반쯤 저물어가는 수변공원은 한가로워 보였다. 텐트 밖으로 나온 젊은 부부로 보이는 사람들이 아이를 데리고 천변 산책로를 거닐고 있는가 하면 친구끼리 놀러온 듯한 중고등학생들이 한쪽에서 족구 시합을 즐기고 있었다. 전날 스산했던 풍경이 저처럼 따뜻하고 평화로운 모습으로 바뀌었다는 게 새삼 신기하게 느껴졌다.

읍내 군청 직원이던 할아버지가 목숨을 잃은 것도 그 사건으로 인해서였다. 무력으로 성천을 탈취한 좌익 세력들은 이틀에 걸쳐 경찰서와 우편국을 전소시키고 법원을 포함한 백여 채의 공공건물과 가옥을 불태우는 한편으로 성천군수를 비롯한 스무 명이 넘는 직원을 살해했다. 할아버지도 그 직원들 중 한 명이었다.

그때 아버지는 성천을 떠나 D시에서 하숙을 하며 중학교에 다니고 있었다. 당시로선 흔한 일이었다.

백경훈이 시월폭동에 대해 처음 알게 된 것은 대학 시절 책을 통해서였다. 그러다가 몇 년 후 아버지를 모시고 당신의 외가 동네로 가면서 그 사건에 대해 좀 더 구체적으로 들을 수 있었다. 남쪽의 항구도시에서 차로 출발하여 고속도로를 달리다가 성천으로 들어선 후 아버지는 군(郡)에서 시(市)로 승격된 후로도 아직 읍내라는 개념이 남아 있는 시내를 돌게 하면서 그 사건에 대해 이야기했다. 당연히 시월폭동이란 말을 쓰면서. 이야기를 하는 동안 아버지는 치를 떨었다.

"불행한 일이지요. 그런 사건이 일어났다는 게……"

"그래도 육이오 때 이곳 전투에서 승리하면서 성천

은 시월폭동으로 실추된 이미지를 다소나마 회복했습니다. 다행이라면 다행한 일이지요. 시월폭동으로 나라를 망칠 뻔했던 지역에서 나라를 구하는 승리를 하게 되었으니까요."

어느새 이지환은 흥분을 가라앉히고 여유를 회복하고 있었다.

성천전투는 육이오 때 적군에게 일방적으로 밀려 한반도의 삼십 분의 일밖에 남지 않은 풍전등화와 같은 상황에서 국군이 최초로 승리하며 총공세로 반격할 발판을 마련한 전투였다. 따라서 그 승리의 의미는 말로 다할 수 없을 정도로 크다고 할 수 있었다.

"혹시 이 대표님은 그 성천전투와 무슨 관계가 있으시오?"

"저야 관계가 있을 리 없죠. 오래 전 일이니까요. 제 조부님이 민간인 신분으로 성천전투에 참전하셨습니다. 일종의 후방지원 같은 거지만요."

"그러셨군요."

"참, 다른 얘기가 길었습니다. 이 펜션에 대해 궁금해 하셨지요?"

"뭐, 궁금하다기보다 펜션 입지 조건이 썩 훌륭한

건 아닌 듯해서 의아해 하던 차 이 대표님께서 이곳 토박이라고 하셔서……"

이지환이 고개를 살짝 숙인 채 잠시 침묵하다가 입을 열었다.

"저도 사실 이 펜션에 대해선 아는 게 별로 없습니다. 아니, 알 수가 없었습니다."

"무슨 말씀이신지……?"

"십여 년 전에 이곳을 지나가다가 펜션 신축 현장을 보게 되었습니다. 그런데 그 규모에 놀라지 않을 수 없었습니다. 이런 곳에 대규모의 펜션이라니. 그래, 나중에 펜션이 완공된 후 누가 지은 건지 시내 유관기관에 직간접적으로 알아보았습니다. 그러나 자세한 내용은 전혀 알 수 없었습니다. 어떤 법인에서 지어서 운영하고 있다는 사실밖에는요. 그렇지만 그 법인은 철저히 베일에 싸여 있어 유관기관에서도 그 실체에 대해선 전혀 모르고 있었습니다."

"그런가요. 그것 참 이상하군요."

백경훈이 나직이 대구하며 고개를 끄덕였다. 이지환이 물었다.

"지난번에도 혼자 오셨습니까?"

"아니, 아버님과 함께 왔었어요."

그때도 집안 일로 아버지와 함께 당신의 외가 동네가 있는 C군으로 갔다가 돌아오는 길이었다. 아버지가 전날 가던 길에 보았던 새로 들어선 펜션에서 하루 묵자고 했다. 그러나 아버지는 다음 날 아침 펜션을 출발할 때까지도 이곳에 대해 아무런 얘기를 하지 않았다.

"아버님께서 뭐하시는 분인지 여쭤 봐도 될까요?"

"아버님도 법조인을 오래 하셨어요, 지금은 은퇴하셨지만."

"그러셨군요. 혹시 아버님으로부터 이곳에 대한 얘기를 들으신 적은 없습니까?"

"없어요, 전혀."

백경훈이 대답했다. 그러나 그 대답에 자신이 없었다. 분명 아버지로부터 이곳에 대한 얘기는 듣지 못했지만 무슨 일이 있었을지도 모른다는 의혹은 지우기 힘들었다. 아니라면 아버지는 왜 삼십 년 전 그날 성천시내를 빠져나와 C군 쪽으로 달리다가 뜬금없이 이곳에서 차를 멈추게 했을까. 성천 시내를 도는 동안 아버지가 시월사건에 대한 분노를 표출했던

터라 그로선 그와 관련된 어떤 일이 있었던 건 아닐
까 막연하게나마 추측해 봤을 따름이었다.

"예…… 그런데 학장님."

잠시 뭔가 생각하는 듯하던 이지환이 갑자기 심각
한 빛을 띠었다.

"말씀하세요."

"혹시 학장님도 이번에 초대장을 받고 오신 겁니까?"

"그래요."

한 달 전 백경훈은 펜션측으로부터 초대장을 받았
다. 개업 십 주년을 맞아 그 동안 이용해준 고객들을
대상으로 무작위로 추첨해 일정 기간 무료 이용할
수 있는 초대장을 보낸다는 것이었다.

"뭔가 짚이는 게 없으십니까?"

"글쎄요……"

"그 기간이란 게 말입니다. 왠지 의미가 있는 것
같지 않습니까?"

"의미라면?"

"초대장엔 이용 기간이 구월 초순에서 중순으로
되어 있습니다."

"그런데요?"

"그 기간은 바로 성천전투가 벌어졌던 기간과 겹칩니다. 육십 구년 전 성천전투가 벌어졌던 게 바로 구월 오일에서 십삼일까지거든요."

"그러니까 내가 받은 초대장이 성천전투와 관계가 있다는 말씀인가요?"

"꼭 그렇다는 건 아니지만 그럴 가능성이 있지 않나 싶은 겁니다. 혹시 선대에 성천전투에 참전한 분이 안 계십니까? 아까 말씀 드린 대로 제 조부께선 선천전투에 참전하셨거든요."

백경훈이 고개를 가로저었다.

"글쎄요. 성천전투에 대해선 특별히 들은 게 없어서……"

"그럼 성천전투 때 이곳에서 있었던 일에 대해서도 모르시겠네요?"

"무슨 일이 있었습니까, 이곳에서?"

"아, 뭐 별 일은 아닙니다. 전투와 직접 관계된 일이 아니라서……"

말꼬리를 흐리는 이지환에게서 백경훈은 그가 뭔가 감추려는 것 같은 느낌을 받았다.

"그런가요?"

"그보다 이상한 건 또 있습니다. 이번에 초대된 사람들은 모두 이 로얄동에 묵게 하고 있거든요."

펜션의 여러 동 중 진입로에 연해 수변공원을 바라볼 수 있는 로얄동은 취사시설이 없는 대신 식당이 있는 호텔식이었다. 반면 로얄동 뒤에 있는 일반동은 보통 펜션처럼 취사시설을 갖추고 몇 가족씩을 받을 수 있는 구조였다

"왜 그렇게 할까요?"

"혹시 성천전투와 관계된 사람들의 후손을 따로따로 풀어놓지 않고 한 데 묶어놓으려는 의도가 있는 게 아닐까요?"

이지환은 상대방도 성천전투와 관계가 있다는 걸 기정사실로 해서 이야기하고 있었다.

"설령 그렇게 한들 그게 무슨 의미가 있겠어요?"

"그러게 말입니다."

"지금 이 로얄동에 우리 말고 다른 사람도 있습니까?"

어제 이곳에 온 후로 백경훈은 식당에서 식사를 했지만 다른 사람과 마주친 적이 없었다.

"서울서 내려와 글을 쓰는 사람이 한 사람 있습니

다. 며칠 전에 내려왔다고 합니다. 서른 조금 넘어 보이는 젊은 친군데 연극연출가 겸 작가라고 했습니다."

"본인한테 직접 들은 건가요?"

"아닙니다. 사무실에서 들었습니다. 그 정도는 알려줘도 된다고 생각한 모양입니다."

"마주친 적은 없나요?"

"없습니다. 저도 어제 밤에 왔거든요. 온 김에 오전에 근처에 있는 클럽에서 공 좀 치고 지금 막 들어오는 길입니다."

"골프를 좋아하시는군요?"

국산 브랜드 골프웨어 차림의 이지환을 보며 백경훈이 건성으로 물었다.

"웬걸요. 사업을 하다 보면 접대상 어쩔 수 없이 치게 되는 거죠. 그보다 학장님!"

이지환이 갑자기 표정을 바꾸며 민망한 얼굴을 했다.

"예, 말씀하세요."

"실은 제 큰애가 지금 법대에 다니고 있습니다. 졸업하면 로스쿨에 보내려고 하는데 그때 조언을 좀 부탁 드려도 될까요?"

"그래요? 글쎄, 별다른 조언이 필요할까요?"

“그래도 도움이 될 만한 말씀을 해주실 수는 있지 않겠습니까?”

“그러세요. 내가 할 수 있는 범위 내에서 가능한 거라면 해 드리지요.”

“고맙습니다, 학장님.”

이지환이 백경훈을 향해 꾸벅 고개를 숙였다.

“별 말씀을요.”

“그런데 학장님은 언제 가시나요?”

“내일 오전에 돌아갈까 해요.”

“그렇습니까. 저는 하루 더 있을 생각입니다만…… 그럼 내일 못 뵙더라도 조심해서 가십시오.”

이지환이 자리에서 일어나 다시 한 번 허리를 굽히고 고개를 숙여 인사한 후 건물 안쪽으로 들어갔다.

이지환이 자리를 뜨자 다시 혼자가 된 백경훈은 테라스 난간에 기대어 수변공원을 바라보며 담배를 피워물었다.

삼십 년 전, 처음 성천을 지나면서 아버지로부터 시월사건과 할아버지의 죽음에 대해 들었을 때 얼마나 놀랐던가. 책으로만 보았던 격동기 역사의 한 자락이 자신의 집안과 연결되어 있다는 사실을 알게 되면서 그는 어떤 전율 같은 것을 느꼈다. 동시에 아버지의 행적에 대해서도 조금은 이해할 것 같은 마음이 되었다. 아버지는 남쪽 항구도시로 부임하기 전부터 공안검사로서 명성이 높았고 평소 온화한 성격이면서도 반정부세력에 대해선 그다지 관대하지 않았다. 그가 같은 법조인이면서도 아버지와 조금 다른 길을 걸으려 했던 것도 어쩜 그 사실에서 연유한 걸지도 몰랐다.

그때 왜 아버지는 이곳에 차를 멈추게 하고 한참 동안이나 시간을 끌었을까. 이지환이 말대로 혹시 아버지도 성천전투에 참전했던 게 아닐까. 그러나, 그랬을 것 같지는 않았다. 아버지는 성천전투에 대해 당신의 입으로 직접 얘기한 적이 없었다. 나라를 구한 뜻 깊고 자랑스러운 전투에 참전했다면 굳이 숨길 필요가 있었을까.

그러면서도 뭔가 그를 찜찜하게 하는 구석이 있었다. 팔구 년 전엔가 처음 펜션에 들렀을 때 분명히 아버지는 직접 체크인을 하면서 직원과 성천전투에 대한 대화를 나누었었다. 그땐 성천전투에 대한 일반적인 얘기로만 생각했었다. 그렇지만 지금은 그 사실조차 마음에 걸렸다. 그리고 무엇보다 마음에 걸리는 것은 초대 대상이 아버지뿐만 아니라 가족도 포함되어 있다는 사실이었다. 그것은 연로한 아버지가 세상을 뜨기라도 해서 못 올 경우 다른 식구가 와도 좋다는 뜻이었다. 그가 아버지 대신 이곳에 온 것도 그래서였다.

설마 아버지가 성천전투에 참전해서 무슨 말 못할 일을 겪었던 것은 아닐까. 그리고 가능성은 극히 희박하지만 그 일과 관련하여 이 펜션을 지으려 했던 것은 아닐까. 그런 게 아니라면 삼십 년 전 이곳에서의 아버지의 행동을 어떻게 이해하고 어떻게 설명할 수 있을까. 아버지는 검찰의 고위 간부로 지내다 물러난 후 변호사로서 활동하면서 상당한 재산을 축적했다. 따라서, 재력은 충분했다.

백경훈은 머리를 세차게 흔들었다. 그건 그야말로 현실성 없는 비약적 상상에 불과했다. 그러나 아버지에게 물어볼 수도 없었다. 지금 아버지는 팔십대 중반을 지나 구순으로 향하고 있었고 정신도 오락가락했다.

머리가 복잡한 채로 백경훈은 방으로 들어가기 위

해 뒤돌아섰다.

2

아침에 백경훈이 떠나는 소리를 들었다. 이지환은 침대에 누운 채로 복도 맞은편 문이 열리는 소리와, 잠시 후 아래에서 자동차 시동 걸리는 소리를 들었다. 곧이어 자동차가 출발하는 소리도. 굳이 자리에서 일어나 이쪽 모습을 드러내면서 배웅하는 건 그도 원하지 않을 것 같았다.

백경훈이 떠나고 한숨 더 눈을 붙인 이지환이 자리에서 일어난 건 정오가 다 되어서였다. 조금 출출한 느낌이어서 일층 식당으로 갈까 하다가 그냥 밖으로 나왔다. 로얄동 앞뜰은 초가을의 햇살이 살포시 내려앉으며 부드럽게 잔디를 훑고 있었다.

이지환은 테이블이 붙어 있는 일체형 목제의자에 앉으며 수변공원 쪽으로 눈을 주었다. 그때 산책로를 걷던 젊은 남자가 진입로를 통해 이쪽으로 올라오고 있었다. 펜션 사무실에서 말했던 연극연출가인 듯했다.

"안녕하세요!"

젊은 남자가 가까이 다가왔을 때 이지환이 앉은 채로 인사를 건넸다.

"안녕하세요."

젊은 남자도 살짝 고개를 숙이며 인사를 했다. 얼핏 보기에도 백팔십 센티미터는 넘은 듯한 장신에다가 용모가 수려했다.

"앉으세요."

이지환이 테이블 맞은편 의자를 가리켰다.

"쉬시는데……?"

"괜찮습니다."

젊은 남자가 약간 머뭇거리며 의자에 앉았다. 이지환이 물었다.

"연극연출 하시는 분이시죠?"

"어떻게 아셨습니까?"

"펜션 사무실에서 직원한테 들었습니다. 반갑습니다."

이지환이 명함을 꺼내 젊은 남자에게 내밀었다. 젊은 남자도 서둘러 명함을 꺼내 이지환에게 건넸다.

"죄송합니다. 전 제대로 된 명함이 아니라서……."

젊은 남자의 명함은 컴퓨터에서 출력한 얇은 것이었다. 명함엔 김준규라는 이름과 핸드폰 번호, 이메

일 주소만 적혀 있었다.

"요즘은 명함을 사용하지 않는 사람들도 많은데요, 뭘."

"성천농산이라면 농산물을 재배하고 유통하는 거겠군요? 주로 어떤 걸 취급 하시나요?"

김준규가 이지환의 명함에서 눈길을 거두며 관심을 표했다. 물론 의례적인 관심이었다.

"뭐, 이것저것 다하지요. 사과, 복숭아, 포도, 마늘, 양파 등등. 요즘은 과일과 채소가 특별한 주산지가 없어요."

"예……"

"그보다 연극연출을 하신다는 분을 뵈니 참 신기하군요. 난 그런 분야엔 전혀 문외한이라서……"

"하는 일은 달라도 사람은 다르지 않습니다."

김준규가 조금 수줍게 웃었다.

"그래, 쓰시는 작품은 잘 됩니까?"

"예. 그럭저럭요. 서울에 있으면 이런 저런 일들로 늘 정신이 없는데 이렇게 멀리 뚝 떨어져 있으니 집중이 잘 되네요."

"다행이군요. 성천에는 자주 내려오십니까?"

"일 년에 한 번 정도 내려옵니다."

"성천에 연고가 있으신가요?"

"성천호 초입에 선산이 있습니다."

"선대가 이곳 분이셨던가 보군요?"

"할아버지께서 십오륙 세까지 사셨다고 들었습니다."

"어느 마을에 사셨는지는 모르고요?"

"운길마을이라던가…… 한 번 그 앞을 지나친 적이 있습니다."

"운길마을? 거기도 임하면인데…… 난 임하면 면사무소 바로 옆 양지마을 출신이오."

할아버지 집이 운길마을이었다는 김준규의 말에 이지환은 자신도 모르게 반가운 마음이 되었다. 운길마을은 면사무소에서 동해 쪽으로 향하는 지방도로의 사 킬로미터 지점에 있었다.

행정구역이 군(郡) 단위일 때 성천은 그 산하에 여러 개의 면(面)을 거느리고 있었다. 그런 사정은 시(市)로 승격한 후에도 크게 변하지 않아 대도시의 구(區)에 해당하는 면 단위의 행정구역들이 그대로 유지되었다. 따라서 같은 성천 사람이라고 해도 면이 다르면 약간 거리감이 느껴질 때가 있는 반면 같은

면 사람이라면 동네가 달라도 그 유대감이나 친근감이 예사롭지 않았다.

"대표님은 지금도 그 양지마을에 사십니까?"

"지금은 사업을 하느라 시내로 나가 살지만 초등학교까지는 거기서 살았어요. 뭐, 시내나 양지마을이나 거기가 거기지만요. 대신 아버님은 줄곧 거기서 사시면서 임하면 농협조합장을 지내셨지요."

"예…… 그러니까 어떻든 성천 토박이시라고 할 수 있겠군요?"

이지환을 바라보는 김준규의 두 눈이 조금 심각한 빛을 띠었다.

"그럼요. 시내든 양지마을이든 어차피 다 성천이니까요."

"그럼 뭐 하나 여쭤 봐도 될까요?"

"그러세요, 뭐든지."

"혹시 시월사건에 대해 아시는 게 있으세요?"

"시월사건? 시월폭동을 말하는 겁니까?"

이지환은 자신의 언성이 상대에게 다소 거칠게 들린 게 아닐까 싶었지만 애써 그 우려를 속으로 삼켰다.

"그렇게도 불렀죠, 전엔."

"연출가님은 시월폭동이란 표현을 어떻게 생각하세요?"

"전 그 표현이 틀렸다고는 생각지 않습니다. 시월혁명이니 인민혁명이니 하는 표현을 정당화하고 공식화하려는 데 비한다면……"

"그런데 왜 시월폭동이란 말 대신 시월사건이라고 하시지요?"

"어떤 일방적인 주장이나 시각을 그대로 받아들이기보다 가능한 한 객관성을 확보하려는 거죠."

"시월폭동에 무슨 다른 객관성이 필요할까요? 빨갱이들이 들고 일어난 폭력적인 반란인데요. 그 일로 죽은 경찰과 공무원, 일반인들이 수백 명인데 더 말해 무엇합니까."

이지환의 말을 듣고 있던 김준규가 잠시 망설이다가 조심스럽게 입을 열었다.

"저, 담배 한 대 태워도 되겠습니까?"

"아, 그러세요. 이거 내가 모처럼 외지에서 오신 고향분에게 너무 흥분한 것 같군요. 죄송합니다."

이지환이 도자기로 된 재떨이를 김준규 앞으로 재빨리 밀었다.

"아닙니다. 재밌게 듣고 있습니다. 대표님도 같이 태우시죠?"

"아뇨. 난 몇 년 전에 끊었어요."

"그럼 실례하겠습니다."

몸을 살짝 옆으로 비껴 돌린 김준규가 두어 모금 연기를 빨다가 뱉고선 재떨이에 담배를 비벼 껐다.

"의지가 약해 아직 못 끊고 있습니다."

"글 쓰시는 분들은 담배를 물어야 생각이 떠오른다 던데요."

"꼭 그렇지도 않습니다. 담배 못 끊는 데 대한 변명 이죠."

김준규가 소리 없이 웃었다. 이지환이 본론으로 들어갔다.

"연출가님은 시월폭동에 대해선 언제부터 관심을 가지게 되셨지요?"

"대학에 들어가서 글을 쓰면서 책을 비롯하여 이런 저런 경로로 우연히 알게 되었습니다. 그리고는 많이 놀랐죠."

"놀랐다는 건?"

"그런 사건은 해방 후의 정국을 설명하는, 매우 상

징적인 것인데다가 그 무대가 바로 제 선대의 고향이었기 때문입니다."

"그랬겠군요."

"제가 이 성천에 처음 왔던 게 초등학교에 막 입학했을 무렵입니다. 아버지와 성묘 차 왔었는데 운길마을에 하루 묵었습니다. 그곳에 아버지의 먼 친척 되시는 어른이 과수원을 하고 계셨거든요. 지금은 돌아가셨지만. 그날 밤 그곳에서 올려다 본 하늘에 별들이 얼마나 많던지…… 그 기억이 새롭습니다."

"지금은 여기도 공해 때문에 하늘이 전만 못하지요."

"그 후 특별한 일이 없으면 일 년에 한 번 정도 성묘 차 내려왔습니다. 성천 시내를 통과해 이곳을 지나는 동안 끝이 보이지 않는 넓은 들판에서 사람들이 농사를 짓고 있는 모습이 그때마다 너무 평화로워 보였습니다. 그래서 성천은 한 폭의 아늑한 풍경화 같은 모습으로 제 기억에 자리 잡게 되었어요. 그랬는데 대학 시절 시월사건을 접했던 겁니다. 놀랐을 수밖에요. 그런 평화로운 곳에서 피비린내 나는 유혈참사라니요."

"그래, 지금은 시월폭동에 대해 어떤 입장입니까?"

이지환의 물음에 김준규는 잠시 생각을 정리하는 듯하다가 말을 이었다.

"특별한 입장이란 건 없습니다. 다만 어떤 각성 같은 걸 얻었다고나 할까요."

"무슨 말씀이신지……?"

"인간의 내재적 폭력성에 대한 발견이라고나 할까요."

"말씀이 점점 더 어려워지네요, 내겐"

이지환이 조금 멋쩍게 웃었다.

"저는 시월사건의 폭력성을 정당화할 생각은 추호도 없습니다. 명백히 그 사건은 폭력적이고 야만적인 유혈참사였습니다. 다만 내부적으로 구조적 모순이 없었다면 그런 참사가 가능했을까 하는 겁니다. 말하자면 상존하고 있는 구조적 모순이 어떤 계기로 폭력적인 모습으로 드러난 게 아닌가 싶은 거지요."

"그러니까 그 어떤 계기란 게……?"

"당연히 좌익세력이 그 구조적 모순에 불을 지피는 도화선 역할을 했겠죠. 그래서 두려운 생각이 늘었습니다. 인간에겐 스스로도 미처 몰랐던 폭력적 성향이 내재되어 있고 어떤 경우 그걸 드러낼 수 있다는 사실이 입증된 것 같아서요."

"그렇더라도 그런 야만적인 폭력행위가 용인되거나 용납될 순 없지 않겠어요?"

"물론입니다. 그래서 제 생각은 어떤 계기로든 내재된 폭력적 성향을 드러낼 수 있는 환경에 대한 우리의 이해와 고려가 필요하다는 겁니다. 이상에 가까운, 비현실적이고 어려운 일이겠지만 말입니다."

"그건 그렇지요."

썩 수긍할 수 있는 말은 아니라고 생각하면서도 이지환은 고개를 끄덕였다.

"시월사건에 대해 대표님이 특별히 알고 계시는 얘기 같은 건 없습니까?"

"칠십 년도 더 지난 일이라 당시 그 일을 겪었던 사람들 대부분이 돌아가셨지요. 그리고 타지로 떠난 사람들도 많구요. 게다가 그동안 이렇게 저렇게들 알려진 얘기들이 많아 나라고 해서 특별히 더 보탤 얘긴 없어요."

"예⋯⋯."

"본시 성천은 선비의 고장이자 충절의 고장으로 알려져 왔어요. 그 전까지 사람들 사이에서 큰 갈등

도 없었구요. 그런데 좌익세력이 들고 일어나자 적지
않은 사람들이 폭도로 변하면서 성천을 그야말로 아
비규환의 지옥으로 만들었어요. 그래서 분명히 말할
수 있는 것은 좌익세력에 대해선 언제나 경계심을
가져야 한다는 거예요."

"혹시 대표님 집안은 그때 피해를 입지는 않았습니
까?"

김준규의 그 말에 이지환은 묘한 기분이 되었다.
피해라. 김준규는 상대방을 그때 좌익세력의 공격대
상 쪽이었을 것으로 추측하고 있는 듯했다. 지금 웬
만한 사업체를 운영하고 있어서일까.

"아니요. 아버님으로부터 들은 얘기지만 시월폭동
은 우리 집안에 피해를 입힌 게 아니라 오히려 삶의
전환점이자 행운의 시발점이 되었지요."

이지환의 할아버지는 일제 때 징용을 갔다가 해방
이 되면서 성천으로 돌아왔다. 그런데 운이 좋았던지
우연한 기회에 사소한 일로 성천을 대표하는 지주
이씨 어른의 큰아들 눈에 들게 되었다. 물론 할아버
지도 촌수를 따질 수 있는 거리는 아니지만 이씨 어
른과 성씨가 같은 일가였다. 그리고 이씨 어른의 큰

아들부터 조그만 집과 약간의 땅을 얻으면서 고향인 임하면 양지마을에 정착하게 되었다. 일종의 소작 관계를 맺은 셈이었다. 고단한 삶을 나름대로 타개해보려고 징용을 선택했을 정도로 억척스러웠던 할아버지는 본연의 성실함과 우직함으로써 이씨 어른 집안을 위해 충심을 다했다. 그리고 그 충심은 의외로 빨리 보상을 받았다. 바로 이듬해 일어난 시월폭동 덕분이었다. 시월폭동 와중에 이씨 어른이 악질 지주라 하여 군내 반동분자로 몰린 수십 명의 유지들과 함께 학살될 때 아직 다섯 살도 안 된 손자도 같이 참살당했다.

"그런 일이 있었군요."

김준규가 감정을 절제하는 얼굴로 고개를 끄덕였다.

"그때 큰 아드님은 읍내에 있었고 이씨 어른은 바로 면사무소 뒤쪽 본가에 손자와 함께 계시다가 변을 당하셨던 거지요."

"예……"

"폭도들이 이씨 어른과 손자를 죽인 후 본가에 불을 질렀는데 조부님이 사람들을 모아 그 폭도들과 싸우며 집 안에 있던 이씨 어른 댁 며느리들과 나머지 손자들을 구해냈어요."

"그나마 다행이었군요."

"그 일로 조부님은 이씨 어른 큰아드님의 큰 신임을 얻었지요. 그리고 큰아드님이 읍내에서 하고 있던 농산 일을 돕게 되었어요. 나중에 큰아드님이 정계로 나가시면서 조부님이 농산을 도맡게 되었구요. 그 뒤 아버님이 농산 일을 물려받았다가 큰아드님의 후원으로 농협조합장이 되시고 대신 내가 농산 일을 이어받게 된 거지요."

"드라마틱한 얘기네요."

"돌이켜 보면 그때 조부님께서 이씨 어른 집안 분들과 연을 맺게 된 게 얼마나 천운이었던가 싶어요. 그렇지 못했다면 조부님도 자칫 그 폭도들 무리에 휩쓸려 들어갔을 수도 있었을 테니까요. 물론 어떤 경우에도 조부님의 성품으로 미루어 그러지 않으셨을 거라는 생각은 들지만……"

"예……"

"지금은 지나간 일로 아무렇지도 않게 말하시만 그때 그놈들은 사람이 아니었다고 해요. 들은 얘기로는, 사람들을 끌어내 눈을 파내고 혀를 자른 후 죽이질 않나, 도끼로 장작 패듯 머리에서부터 아래까지 절반으로 쪼개어 참살하지 않나…… 정말 인류를 저버린 악마였다고 해요. 도대체 그전까지 멀쩡하던 사람들을 그런 악마로 만들다니. 그래서 빨갱이들이 무서운 거예요."

"예. 그런 아픈 역사가 이곳에서 있었다니…… 익히 알면서도 차마 믿기지 않습니다."

김준규가 낮고 차분한 목소리로 말했다.

"아이구. 내가 또 흥분했나 보네."

"아닙니다. 좋은 말씀 많이 들었습니다."

"좋은 말씀은 무슨. 주책없는 소릴 한 거지……"

이지환이 조금 민망한 기분으로 말끝을 흐리는데 김준규가 물었다.

"혹시 앞으로 정치 같은 걸 하실 생각을 갖고 계십니까?"

"어, 어떻게 내가 정치할 거란 생각을 했어요?"

"대표님 같은 분이 정치를 하면 든든할 거라는 느낌이 들어 해본 말입니다."

김준규의 입언저리로 살짝 미소가 번졌다. 비웃는 것 같지는 않았다. 이지환은 얼른 화제를 돌렸다.

"그나저나 아직 점심 전이지요?"

"조금 전에 일어났습니다. 밤늦게까지 작업을 좀 하느라……"

"그럼 우리 어디 가서 식사나 합시다. 식당 밥은 몇 번 먹어봤으니."

"괜찮습니다."

"아니요. 모처럼 외지에서 온 고향 분을 만났는데…… 이야기도 좀 더 나눌 겸."

그러면서 이지환이 먼저 자리에서 일어났다. 김준규도 주춤거리며 따라 일어섰다.

로얄동 앞뜰에서 주차장까지 이지환이 앞서 걷고 김준규가 뒤를 따랐다. 차 앞에 이르러 이지환이 리모콘으로 시동을 걸었다.

"제 차로 가셔도 되는데……"

김준규가 조금 미안한 듯한 얼굴로 이지환을 바라보았다.

"이곳 사람 입장에서 보면 연출가님은 손님인데 내가 모셔야지요."

차에 오른 후 안전벨트를 하며 이지환이 물었다.

"어디로 갈까요? 여긴 먹을 데가 마땅찮아서……

호수 쪽으로 가볼까요? 그쪽 면사무소 앞에 매운탕 하는 데가 몇 곳 있어요."

"저는 아무래도 좋습니다."

이지환은 능숙한 솜씨로 주차장에서 차를 뽑아 국 도로 접어들었다.

"참, 연출가님도 초대장을 받고 오신 건가요?"

"그렇습니다. 마침 쓰고 있던 작품이 있어 마무리 도 하고 추석 전에 벌초도 할 겸해서 내려왔습니다."

"벌초는 하셨어요?"

"예, 어제 농협 사람들과 같이 했습니다."

"그래서 어제 안 보였군요."

차가 앞으로 나아가면서 길 양옆으로 늘어선 은행 나무들이 빠르게 다가왔다. 은행나무들은 아직 물들 지 않은 푸른 잎들을 달고 있었다.

"이 길은 참 인상적입니다, 대표님. 대학생 때인데 어느 핸가 늦게 성묘를 왔었어요. 이파리가 다 떨어 져 헐벗은 은행나무들을 보면서 영화 〈제3의 사나 이〉의 마지막 장면 속을 달리고 있는 것 같은 기분이 들었습니다."

"제3의 사나이요?"

“오래 된 외국영화인데 직업상 가끔 보게 됩니다.”

“그렇겠군요. 그런데 이곳 풍경도 처음과 많이 달라졌지요. 원래 길 양 옆으로 서 있던 게 은행나무가 아니라 플라타너스였어요. 그리고 복숭아밭도 사과밭이었구요.”

“예. 저도 고등학생 때 이곳을 지나다가 가로수가 은행나무로 바뀐 걸 보고 조금 아쉬운 생각이 들었어요. 별로 아름답진 않아도 왠지 플라타너스가 더 운치 있게 느껴졌거든요.”

“혹시 전에 펜션에 온 적이 있어요?”

이지환이 슬쩍 물었다.

“몇 년 전에 한 번 온 적이 있습니다.”

“혼자 왔습니까?”

“아버지와 작은 할아버지들과 함께 왔습니다.”

“작은 할아버지들요?”

“할아버지는 제가 태어나기 전에 돌아가셨어요.”

이야기를 나누는 사이, 차가 금세 댐 입구로 들어섰다. 펜션에서 댐 입구까지는 사 킬로미터. 차로 대략 오 분 거리였다. 댐 입구에서부터는 잠시 오르막길이었다.

"성천호라는 지명이 공식화되기 전에 사람들은 이곳을 가양댐이라고 불렀지요. 가양면이라는 지명을 따서요. 그러니까 펜션 앞 다리 전까지가 임하면이고 다리를 건너면 가양면이 시작되는 거지요."

성천 시내에서 사 킬로미터 지점에 마을이 하나 있고 거기서 또 사 킬로미터를 가면 임하면이었다. 그리고 임하면에서 북쪽으로 사 킬로미터 조금 못 미친 지점에 동네가 있고 조금 더 가서 내를 건너면 펜션이었다.

이지환이 외지인에게 펜션을 중심으로 한 인근 지리에 대해 간략하게 설명했다.

오르막길을 올라서면 호반도로였다. 호수 초입을 지날 때 김준규가 운전석 왼쪽을 가리켰다.

"여기가 저희 선산입니다."

"좋은 데 선영을 모셨군요."

"선대에서 모신 거죠."

김준규가 감정이 섞이지 않은 어조로 대꾸했다.

"저기 보이지요, 마을이?"

이지환이 핸들에서 한 손을 떼며 호수 저편의 마을을 가리켰다.

"예."

"저기가 가양 면사무소가 있는 마을입니다. 가까운 것 같아도 길이 구불구불해서 십 분 가까이 걸려요. 원래 이 산 아래 마을에 있었는데 댐이 들어서면서 옮긴 거지요."

"예……"

"칠십 년대 후반에 댐이 만들어졌으니까 벌써 사십 년이 되었군요."

"예……"

이지환의 차가 구부러진 길을 여유 있게 나아가는 동안 김준규는 호수 쪽으로 고개를 돌리고 경치를 감상하고 있었다.

잠시 후, 면사무소가 있는 마을에 도착했다. 두 사람은 면사무소 건너편에 있는 음식점에 들어서서 창가 자리에 앉았다. 바로 호수가 내려다보이는 자리였다. 이지환이 안면이 있는 주인여자에게 매운탕을 시켰다. 그리고 매운탕이 준비되는 동안 김준규가 펜션에 대해 얼마나 알고 있는지부터 살펴보기로 했다.

"연출가님은 펜션에 묵는 동안 뭐 이상한 느낌이 들지 않았어요?"

"이상한 느낌이라시면 어떤……?"

"뭐, 특별한 건 아니지만 초대장을 받은 것부터 해서 우리가 묵고 있는 데가 일반동이 아닌 로얄동이라는 점까지……"

"저도 그 점 조금 미심쩍게 생각은 하고 있습니다."

"그렇지요?"

"그렇지만 펜션 사무실에 물어봐도 자기들도 지시를 받았을 뿐 아무 것도 모른다고 하고…… 더 이상 어떻게 알아볼 방법이 없어서요."

"연출가님은 성천전투에 대해 들어보신 적이 있어요?"

"성천전투요?"

"예. 육이오 때 바로 이곳에서 벌어졌던 전투지요."

성천전투는 육이오 발발 후 적군에게 줄곧 밀리던 국군이 최초로 승리하면서 수세에서 벗어나 공세로의 전환점을 확보한 전투였다. 개전과 함께 파죽지세로 밀고 내려온 적군에게 빼앗겼던 읍내를 총력전으로 다시 탈환한 국군은 병력을 보강한 적군과 성천 전역에서 전투를 벌여 승리했다. 그 전투 중에서도 가장 치열했던 곳이 바로 이곳 가양지역의 전투였다.

만약 성천전투에서 국군이 적군의 공격을 막아내지 못했다면 인근의 대도시인 D시는 물론 남쪽 항구도시까지 잃게 될 건 뻔했다. 그리고 인천상륙작전도 실행되지 못했을 것이다. 그런 의미에서 성천전투의 승리는 그야말로 나라를 누란의 위기에서 구해낸 참으로 값진 것이라 아니할 수 없었다.

"이 부근에서 전투가 있었다는 얘길 들은 건 오래됐습니다. 하지만 그게 우리가 육이오 전쟁에서 반격의 발판을 마련했다고 평가하는 성천전투란 걸 알게 된 건 비교적 최근입니다. 대표님께선 토박이시니까 성천전투에 대해 잘 아시겠네요?"

"물론 줄곧 성천에서 살았으니까. 그리고 조부님도 성천전투에 참전하셨구요. 민간인 신분으로 후방에서 도운 거라 참전이란 말이 적합한지는 모르겠지만……."

"전쟁을 치르는 과정에서 군인 민간인이 따로 있었겠습니까."

"참, 아까 작은 할아버지들과 펜션에 온 적이 있다고 하셨지요?"

"예. 구 년쯤 전인가 성묘하고 오는 길에 둘째 할아

버지가 펜션에서 하루 묵으면서 근처에서 그물낚시를 하자고 하셔서……"

"막 펜션이 들어섰을 때 같군요. 그때 혹시 펜션에 대해서 들은 것은 없어요?"

"없습니다. 둘째 할아버지도 펜션이 들어선 게 신기하다는 말씀만 하셨어요."

이지환이 고개를 끄덕거리다가 다시 물었다.

"그랬군요. 사실 나도 펜션에 대해선 나름대로 알아봤지만 별 소득이 없었어요. 그러나 성천전투가 벌어지던 그때 일어난 여러 가지 일들 중 펜션이 들어선 그 자리에 대한 작은 얘기 하나는 알고 있지요."

그러면서 이지환이 김준규의 표정을 살폈다. 김준규의 표정엔 특별한 변화가 없었다.

"어떤 얘긴데요?"

"어느 날 연출가님의 선대가 사셨다는 운길마을 어느 집에서 열 살 남짓한 삼형제가 배가 고팠던지 산을 넘어 펜션이 있는 그 자리까지 왔어요. 바로 이 가양면에 있는 외가에 가면 먹을 것이 있었기 때문이었지요. 그때 읍내 쪽에서 군인들을 잔뜩 실은 트럭들이 달려오고 있었답니다. 아이들은 공산군인가 싶어 겁에 질린 채 꼼짝도 못하고 서 있는데 다가온 맨 앞 트럭에서 군인 하나가 내렸습니다. 바로 몇 년 전 군에 갔던 큰형이었지요. 그 아이들의."

"예⋯⋯."

"그 큰형이 백 명이 넘는 병력을 끌고 달려온 바로 그 부대의 중대장이었습니다."

"예⋯⋯."

"중대장은 동생들에게 이곳에서 곧 전투가 벌어진 다면서 곧바로 집에 돌아가서 어머니에게 빨리 남쪽 항구도시로 피란을 가라고 큰형이 그러더라고 전하라 했어요. 그런데 그 순간 놀라운 일이 벌어졌지요."

"놀라운 일요?"

"삼형제가 중대장의 동생들이라는 사실을 안 부대원들이 일제히 갖고 있던 돈을 모두 꺼내 담요에 싸서 아이들에게 전했던 거예요. 자기들은 죽으러 가는데 돈이 무슨 필요가 있겠느냐면서요. 개전 이래 두 달여 동안 줄곧 적에게 밀리기만 하던 상황이라 당연히 그런 심정들이었을 테지요."

"그렇게 죽기를 각오로 싸웠기에 전투에서 승리한 게 아닌가 싶네요."

이지환은 김준규의 목소리에 어떤 울림이 배어든 것 같은 느낌을 받았다. 그러나 표정은 여전히 차분해 보였다. 이지환은 김준규가 이 이야기를 처음 듣는 게 아니란 걸 감지했다.

"가만, 아까 작은 할아버지들 얘기를 하셨는데 할아버지 형제들은 몇 분이지요?"

"세 분입니다."

"운길마을에 사셨고 삼형제라. 그렇다면……"

이지환이 숙였던 고개를 들어 김준규를 쳐다보았다.

"맞습니다. 그 삼형제가 제 작은할아버지 형제들입니다."

김준규가 담담한 표정으로 대답했다.

"이런, 세상에!"

이지환은 상당한 가능성은 있다고 생각했으면서도 막상 김준규가 그 사실을 시인하자 내심 놀라지 않을 수 없었다.

주인여자가 반쯤 끓인 매운탕을 가져와 테이블 위의 가스레인지에 올려놓느라 두 사람의 대화가 끊겼다. 잠시 후 매운탕이 완전히 끓자 이지환이 국자로 앞접시에 덜어 김준규에게 건넸다. 김준규가 송구스러워 했다. 매운탕을 몇 술 뜨며 식사를 하다가 이지환이 먼저 입을 열었다.

"연출가님은 그 얘길 언제 처음 들었습니까?"

"아까 말씀 드린, 초등학교에 입학할 무렵 운길마을에서 과수원 하시는 아버지의 먼 친척 댁에서 하루 묵었을 때입니다. 둘째 할아버지께서 그 얘길 하셨는데 사실 저는 어려서 무슨 말씀을 하시는지 잘 알아듣지 못했어요."

"당연히 그랬겠지요."

"나중에 알게 된 사실이지만 오히려 아버지가 놀라셨던 것 같아요. 아버지도 그때 그 얘기를 처음 들으셨던가 봐요."

"그럼 연출가님이 다시 들은 건 언젠가요?"

"그게 아마 수변공원이 조성되면서부터였을 겁니다. 성묘를 마치면 돌아가는 길에 할아버지들과 싸가지고 온 음식을 그곳에서 먹곤 했거든요. 재작년에도 그 얘길 들었습니다. 둘째 할아버지와 셋째 할아버지가 연로히셔서 재작년엔 막내 할아버지와 함께 성묘를 왔었습니다. 그때도 돌아가는 길에 수변공원에서 쉬었는데 막내 할아버지가 전날의 일이 눈에 선한 듯 주변을 둘러보며 그 얘기를 하셨어요. 그리고 작년에 삼형제 중 가장 먼저 돌아가셨습니다."

"그러셨군요."

"세 할아버지가 다 같은 말씀을 하시니 그 얘기가 꾸며낸 얘긴 아닌 모양이에요."

"사실이 맞아요. 바로 내 조부님이 그 현장을 목격하셨으니까요."

"그렇습니까?"

김준규가 이지환을 향해 눈을 크게 떴다. 정말로 놀란 얼굴이었다.

"아까 내 조부님도 민간인 신분으로 성천전투에 참전했다고 했지만 그때 트럭에 타고 계셔서 그 현장을 생생하게 지켜볼 수 있었어요."

"아, 예……"

김준규가 시선을 호수 쪽으로 돌린 채 천천히 고개를 끄덕였다.

"그러니까 그 중대장이 연출가님의 조부님 되시는 거지요."

"혹시 제 할아버지에 대해 들으신 게 있으십니까?"

"아버님의 얘기론, 연출가님의 조부님 되시는 그 중

대장은 상당히 유능했던 분이라고 했습니다. 물론 아버님도 조부님한테서 들은 얘기일 테지만 말입니다."

"유능하셨다는 건 어떤 측면에서 말씀하시는 겁니까?"

"당시 전쟁 상황이 절대절명의 위기였잖아요? 그리고 국군은 전투 경험이 있는 장교들이 태부족이었구요. 제주4.3사건과 여순반란사건에 대해 들어보셨지요?"

제주4.3사건은 육이오가 일어나기 삼 년 전인 1947년 3월 제주도에서 발생한 남로당 무장대와 토벌대 간의 무력충돌 사건이었다. 그리고 여순반란사건은 그 이듬해인 1948년 10월 전라남도 여수시에 주둔 중이었던 14연대 군인들이 제주4.3사건 진압을 위한 출동 명령을 거부하고 무장 반란을 일으킨 사건이었다.

"들어보긴 했습니다만 잘 알진 못합니다. 그저 시월사건의 연장선상에서 일어난, 그리고 시월사건처럼 배경과 원인이 복잡한 사건이라는 정도로만 알고 있어요. 그래시 시간 되는 내로 공부를 해볼 생각을 하고 있습니다."

"그런데 연출가님의 조부님은 전투 경험이 많은

분이셨어요. 육이오 이전에 있었던 제주 4.3사건과 여순 반란 사건을 진압한 경험이 있었던 거지요.”

게다가 그 중대장은 성천 출신이었고 전투 예상지역인 가양면에 외가가 있어서 누구보다 그곳 지리에 밝았다. 따라서, 그곳으로 출동하는 부대를 이끌 지휘관으로 최적격이었다. 실제로, 들은 바론 그 중대장 스스로가 성천의 가양지역 전투에 자원했다고도 했다.

“예……”

“성천전투 중에서 가장 치열했던 가양지역에서 전세를 뒤집는 엄청난 승리를 거둔 데엔 연출가님의 조부님 되시는 그 중대장의 역할이 결정적이었다고 해요.”

“어쨌거나 다행한 일이었다 싶습니다.”

“다행한 정도가 아니라 만약 이곳에서 승리하지 못했다면 우리나라는 과연 어떻게 되었을까 생각할 때마다 소름마저 돋곤 해요.”

“예……”

“아무튼 성천전투는 대단했던 모양입니다. 그 전까지 미국은 우리 국군에겐 탱크를 제공해 주지 않았는데 국군 수뇌부의 간청에 못이겨 전차부대 한 개 소대를 보내주기도 했답니다. 성천전투의 중요성을 그들도 알고 있었던 거지요."

"제 할아버지에 대한 그 뒤의 얘기 같은 건 없습니까?"

"내 조부님은 이곳 전투에 민간인 신분으로 참전했던 게 전부지만 연출가님의 조부님은 현역이었던 만큼 부대원을 이끌고 계속해서 북진했다고 들었어요."

"그리고는요?"

"전쟁 후 서울에서 군복무를 한다는 소리가 돌았어요. 그리고 몇 년 어수선한 세월을 보내는 사이 조부님의 가족들도 고향을 떠나 도시로 이사를 갔던 것 같아요."

"예……"

"그러니 조금 이상하지 않아요?"

이지환이 화제를 원점으로 돌렸다.

"초대장 말씀인가요?"

"그래요. 생각해보세요. 우리에게는 공통점이 있어요."

"공통점이라면 어떤……?"

"왜 우리가 초대를 받았을까 한 번 생각해 보세요. 연출가님이나 나나 이번이 두 번째 방문이에요. 그런 데 첫 번째 방문 땐 혼자가 아니었어요. 연출가님은 부친과 작은할아버지 형제분들과 같이 왔었다고 했 고 나도 그래요. 나도 처음엔 조부님과 아버님과 같 이 왔거든요. 그때 조부님은 팔십대 중반으로 아직 살아계셨지요. 지금은 돌아가셨지만. 그런데 연출가 님의 작은할아버지 형제분들이나 내 조부님이나 다 성천전투, 아니 그 중에서도 가양지역 전투와 직간접 적으로 연관이 있어요. 연출가님의 작은할아버지 형 제분들은 맏형님이 직접 전투에 참전했고 내 조부님 은 민간인 신분으로 간접적인 참전을 했잖아요? 이 말은……"

잠시 이지환이 말을 끊고 김준규와 눈을 맞추었다.

"우리를 초대한 쪽이 그런 사실을 알고 있다는 말 씀이죠?"

"바로 그거예요. 그렇게 생각되지 않아요?"

"예. 듣고 보니……"

김준규도 심상찮은 표정이 되었다.

"그런 심증을 가능케 하는 예가 우리 말고 또 있어

요.”

“아침에 떠난 학장이란 분 말씀입니까?”

“어, 아시네요? 그 분을 만나봤나요?”

이지환이 김준규의 뜻밖의 반응에 놀라 물었다.

“직접 맞닥뜨리진 않았습니다. 펜션 사무실에서 그 분이 로스쿨 학장이란 사실을 알았습니다.”

“그래요. 그 분도 첫 번째 방문 땐 부친과 왔다고 해요. 그리고 이번에 초대장을 받았구요. 성천과 연고가 있느냐고 물었더니 조부가 읍내에 살았다고 하더군요. 그러면서도 성천전투에 대해서는 특별히 들은 게 없다고 했어요. 그렇지만 이상하지 않아요? 성천전투를 모른다면서 펜션에서 보낸 초대장 한 장으로 남쪽 항구도시에서 이곳까지 왔다는 것은.”

“동감입니다.”

“그래서 나는 초대한 쪽이 누군지는 모르겠지만 초대 대상은 가양지역 전투 때 펜션 자리에 멈춘 트럭들에 타고 있던 사람들과 관계된 사람들이 아닌가 해요.”

“그럴지도 모르겠네요.”

“그리고 그 학장의 부친도 트럭에 타고 있던 사람

들 중의 한 명이 아니었나 싶어요."

"근거가 있습니까?"

이지환이 김준규에게 식사를 권하며 말을 이었다.

"그 학장이란 분이 누구인지 알 것 같거든요."

"그렇습니까?"

김준규의 두 눈에 힘이 들어갔다. 긴장감이 서린 눈이었다.

"이것도 조부님이 아버님한테 한 얘기를 전해들은 건데 그 부대가 출동하기 전 D시에서 부대 편성이 있었다고 해요. 그때 고등학교에 다니던 한 학도병이 자기도 반드시 성천으로 출동하는 부대에 넣어달라고 강력히 원하더래요. 그 학도병의 성씨가 백씨였어요. 이름까지는 기억나지 않지만……"

이지환은 학장이란 사람의 명함을 받아든 순간 그가 누군지 직감적으로 알아차렸다. 그가 기억하는 학도병과 성씨가 같은 백씨였던 것이다. 그 학도병은 육이오가 일어나기 사 년 전 시월 폭동 때 군청 직원이던 아버지를 잃었다고 했다. 그리고 그 원수를 갚으러 학도병에 자원했다고도.

"그러니까 학장이 그 학도병의 아들이란 말씀이

죠?"

"아마, 맞을 겁니다."

"그런데도 성천전투에 대해 들은 게 없다는 건가요?"

"그래요. 내가 보기엔 정말 모르고 있는 것 같았어요. 부친이 말하지 않았다면 그럴 수도 있겠지요."

"그렇다면 왜 왔을까요?"

"학장도 어떤 식으로든 펜션 자리에 대한 관심을 갖게 된 계기가 있었던 게 아닐까요? 부친으로부터 직접적으로 성천전투에 대해 듣지 못했다 하더라도. 아니라면 달랑 초대장 한 장으로 이곳으로 올 이유가 있었을까요?"

"결국 그 학장도 뭔가 알아보고 싶어 온 것 같은데요?"

김준규가 혼잣말처럼 중얼거렸다. 그러나 그 말은 백경훈 학장뿐만 아니라 김준규 본인에게도 해당된다는 의미를 담고 있었다. 어쩌면 이지환 자신에게까지도.

갑자기 이지환은 애써 평온을 유지하고 있던 마음이 흔들리기 시작했다. 정말 조금 전 말한 대로 그가 성천전투에 대해 알게 된 게 최근의 일일까. 그리고 이곳에 내려온 것도 순전히 글만 쓰기 위해서일까.

"나도 그렇게 생각해요. 그런데 그 알아보고 싶은 게 뭔지……"

이지환도 그게 마음에 걸렸다. 학장이 성천전투에 대해선 들은 게 없다면서도 펜션을 찾은 이유가.

"대표님께선 그 학도병에 대해 더 아시는 게 없습니까?"

"아, 나도 그때 백씨 성을 가진 학도병이 있었다는 얘길 들은 게 전부요."

이지환의 대답에 김준규가 뭔가 생각하는 듯 고개를 갸웃거리다가 말머리를 돌렸다.

"우리를 초대한 측은 어떤 의도일까요?"

"글쎄 말이오."

이지환이 자신 없이 대답하고는 물었다.

"조부님께선 일찍 전역을 하셨다고 들었던 것 같은데 그 뒤 무슨 일을 하셨는지 아세요?"

"말씀 드린 대로 제가 태어나기 전에, 아니 부모님이 결혼하기 전에 돌아가셔서 저는 할아버지에 대해 잘 알지 못합니다. 그냥 건축업을 하셨고 약간의 재산을 모았다는 사실 정도로만 알고 있어요."

"내가 물어본 건 혹시라도 조부님께서 이 펜션을 지으신 건 아닌가 해서……"

"할아버진 펜션이 들어서기 오래 전에 돌아가셨습니다."

"아, 그렇지. 이런 저런 가정을 하다 보니…… 나도 내 조부님을 염두에 두고 비슷한 생각해 본 적이 있거든요."

"어떻게요?"

"조부님 대에선 큰 재산을 모으지 못했지만 이씨 어른 집안의 뜻을 받들어 짓지나 않았을까 하는……"

"이씨 어른이라면 시월사건 때 희생되신 그 분 말씀이죠?"

"맞아요."

"그런데 이씨 어른 집안이 펜션을 지을 만큼 가양 지역 전투와 무슨 관련이 있나요?"

"이씨 어른의 큰아드님은 부친과 아들이 시월폭동에 희생당하신 걸 몹시 비통해 하셨고 이어 육이오가 일어나자 성천전투 땐 국군에게 필요한 식량은 물론 각종 장비와 물품까지 많은 지원을 하셨지요. 그 일을 곁에서 조부님이 도우셨구요. 당연히 성천전투의 승리에 대한 자부심이 강했을 수밖에요. 그래서 혹시 이씨 어른 집안에서 가양지역 전투의 승리를 기리는 마음으로 조부님을 통해 지은 게 아닐까 막연히 한 번 생각해 보았지요."

"정말 그랬다면 조부님께서 부친이나 대표님께 말씀하시지 않았을까요? 나쁜 일도 아닌데……"

"그러게 말입니다. 하지만 조부님은 살아생전에 아무런 말씀이 없으셨고 아버님도 당신 앞으로 온 이번 초대장에 대해선 영문을 몰라 하셨어요."

"이씨 어른 집안사람들은 아직도 성천에 살고 계신가요?"

"육이오 후 대부분 도시로 나가 사업을 시작했지요. 그리고 그 사업체들은 다 대기업이 되었구요. 이제 성천에 남은 건 조부님께 넘겨준 성천물산이 다지요. 물론 지금도 상당한 주식을 보유하고 있지만."

"예……"

김준규가 천천히 고개를 끄덕이며 생각에 잠기는 듯하다가 물었다.

"대표님은 언제 돌아가십니까?"

"내일 아침에요. 잠시 머리를 식히러 온 거지만 회

사를 오래 비워둘 순 없어서요."

"저는 하루쯤 더 있다가 올라갈까 합니다. 아직 작품 마무리가 덜 돼서요. 미리 벌초를 해 놨으니 추석 쐬고 아버지와 성묘하러 다시 내려올 것 같습니다."

"그때 연락 주세요. 시내에서 제대로 식사 한 번 대접하게요. 그런데 아버님은 무얼 하시는 분이세요?"

"아버진 국문가 교수로 소설을 쓰시죠. 내년이 정년입니다."

"부자분이 같은 길을 걸으시는군요. 아무튼 이렇게 알게 되어 반가워요."

두 사람은 마주보고 웃으며 자리에서 일어섰다. 호수 쪽으로 가을 해가 제법 기울고 있었다.

숙소로 돌아온 이지환은 내내 마음이 개운하지 않았다. 김준규는 분명히 말했다. 성천전투에 대해 관심을 갖게 된 것이 비교적 최근의 일이라고. 처음엔 그 말이 사실인 것 같았다. 그러나 나중엔 성천전투에 대해 전혀 알지 못하는 백경훈 학장처럼 본인도 뭔가 알아보려고 내려왔다는 뉘앙스를 풍겼다.

그 중대장은 세상을 뜨는 날까지 정말 가양지역 전투에서의 일들을 동생이나 아들에게 얘기하지 않았던 걸까. 그래서 손자인 연출가도 모르고 있는 걸까. 그렇다면 무엇을 알아보기 위해 내려온 걸까. 단순히 펜션 자리에서의 그 일 때문에?

이지환은 잠자리를 뒤척이며 편안하지 못한 밤을 보냈다.

3

아침에 이지환이 떠나는 소리를 들었다. 김준규는 침대에 누운 채로 복도 맞은편 문이 열리는 소리와, 잠시 후 아래에서 자동차 시동 걸리는 소리를 들었다. 곧 이어 자동차가 출발하는 소리도. 굳이 자리에서 일어나 이쪽 모습을 드러내면서 배웅하는 건 그도 원하지 않을 것 같았다.

이지환이 떠나고 한숨 더 눈을 붙인 김준규가 자리에서 일어난 건 정오가 다 되어서였다. 조금 출출한 느낌이어서 가볍게 세면을 마친 후 일층 식당으로 내려갔다. 식당 안에는 아무도 없었다. 그는 창가 자리에 앉아 다가온 직원에게 식사 주문을 했다. 수프를 곁들인 샐러드와 토스트, 그리고 커피. 조촐하지만 식사는 깔끔했다.

며칠 전 이곳에 내려왔을 때부터 느낀 거지만 식당 운영이 예사롭지 않았다. 식당엔 주문과 서빙을 겸하는 직원 한 명과 전문 주방장 한 명이 있었는데 그들은 임시로 배치된 것 같았다. 직원과 주방장을 따로 두기엔 로얄동의 손님이 너무 적었던 것이다. 아니면, 평소에는 인근 골프장 손님들을 받다가 이번 초대 기간엔 초대 손님만을 받고 있는 것인지도 몰랐다. 식사 메뉴도 저녁엔 스테이크와 한식까지 다양한 것도 적은 손님을 감안하면 지나치게 신경을 쓰며 배려하는 듯한 느낌이었다.

식사를 마치고 일어서는데 식당문을 열고 한 남자가 안으로 들어섰다. 칠십은 넘은 듯한 백발노인이었다. 그러나 나이에 비해 매무새나 풍기는 분위기가 상당히 세련되고 여유 있어 보였다. 백발노인이 식당 안을 둘러보다가 김준규와 눈이 마주쳤다. 김준규는 의례적으로 가볍게 목례를 보내고 식당을 나왔다.

펜션을 벗어나 수변공원으로 내려선 김준규는 내를 따라 나 있는 산책로를 천천히 걸었다. 아직 휴일이 끝나지 않아서인지 산책로 주변 잔디밭엔 캠핑용

텐트가 몇 개 남아 있고 아이를 데리고 온 젊은 부부들과 학생들의 모습도 간간히 눈에 띄었다.

산책길을 따라 잠시 걷다가 김준규는 벤치에 앉았다. 온 몸으로 다가오는 가을 햇살이 알맞게 따사롭고 보드라웠다. 수변공원이 끝나는 천 상류 쪽으로는 농장 창고 같은 건물 두어 개만 보일 뿐 마을이 형성되어 있지 않았다. 그래서 그곳은 아직 세월이 그대로 멈춰 있는 듯했다.

아침에 떠난 이지환은 백경훈 학장이 누군지 알아차렸으면서도 왜 아무 것도 모르는 그에게 그의 부친이 학도병으로서 가양지역 전투에 참전했었다는 얘길 하지 않았을까. 아직은 그때의 진실이 드러나는 게 이르다고 생각했던 걸까. 아니면 그 진실 자체가 두려워서였을까.

김준규는 고개를 돌려 내 건너편에 우뚝 서 있는 산을 바라보았다. 크지도 높지도 않았지만 산은 정수리에서부터 쪼개진 절벽 같은 거친 모습으로 내의 표면에 커다란 그림자를 드리우고 있었다.

전날 열 살 남짓했던 삼형제는 어떻게 저런 험하고 가파른 산을 넘을 수 있었을까.

그때 그 소년들이 얼마나 배가 고팠는지는 모르지만 지금 그로선 어린 그들이 산을 넘었다는 게 도무지 실감이 나지 않았다.

그리고 동생들을 집으로 돌려보내고 이곳 가양지역 전투에서 부대를 치렀던 그 중대장에 대해서도 마찬가지였다. 막 스물을 넘긴 나이로 부대를 지휘하면서 나라의 명운이 걸린 쉽지 않은 전투를 승리로 이끌었다는 게 제대로 믿기지 않았다. 지금 같으면 상상도 할 수 없는 일이었다.

그는 아버지로부터 할아버지와 이곳에 대한 이야기를 간헐적으로 들었다. 물론 아버지도 할아버지에게서 들은 얘기였다. 할아버지는 당신의 아들이 국문학을 전공하고 소설가로 활동을 하게 되면서 이따금 이곳 얘기를 들려주었다고 했다. 그리고 아버지 역시 아들이 연극연출을 하면서 작품을 쓰게 되자 그 이야기를 들려주었다.

한 소년이 있었다.

소년은 일본에서 살다가 해방이 되면서 가족과 함께 귀국선에 올랐다. 그때 소년의 나이 열여섯이었다. 소년과 그의 가족이 언제, 왜 일본으로 이민을

갔는지는 아버지도 듣지 못했다. 다른 여러 이야기로 미루어 아마 소년이 열 살 조금 넘어서였을 것이고 먹고 살기 힘들어서였을 것이다.

소년은 일본 야마구치 현(山口縣)에서 살았다. 일본 혼슈(本州)의 남쪽 끝자락에 위치한 야마구치 현의 한 소도시에서 소년의 아버지는 소방대원으로 일했다. 그리고 소년은 중학교에 다녔다. 소년 가족들에 대한 그곳 사람들의 태도는 뜻밖에 너그러웠다고 했다. 조선에서 건너와 사는 사람들을 가엾게 여기는 마음이 있었던 모양이었다.

그러나 몇 년 만에 고향인 양지마을에 돌아온 소년 앞에 펼쳐진 것은 막막한 가난이었다. 가난은 일본으로 떠나기 전부터 소년의 가족에겐 떨쳐낼 수 없는 굴레 같은 것이었다. 소년의 아버지는 장조카가 가장으로 있는 큰집의 농사를 거들며 근근이 가족을 먹여 살렸다. 큰집은 대지주는 아니지만 양지마을에서 가장 부자였다. 그 덕분에 소년도 큰집에 자주 드나들었다.

큰집에는 장손인 큰형님을 포함해서 세 명의 사촌형이 있었는데 둘째 사촌형도 결혼을 해서 한 집에 같이 살고 있었다. 소년은 그 중 둘째 사촌형이 가장

편했다. 막 결혼한 둘째 사촌형은 읍내에 있는 오 년제 중학교를 졸업한 후 아무 일도 하지 않고 집에서 책만 보며 지내고 있었다. 그러면서도 소년이 오면 반갑게 맞아주었고 좋은 이야기도 많이 들려주었다. 소년은 둘째 사촌형에게서 인간적인 정 같은 것을 느꼈다.

그 사촌형이 좌익사상을 가진 사람이었다는 사실을 알게 된 건 삼 년쯤 뒤였다. 소년은 해방 이듬해 봄 가족을 떠나 남쪽 항구도시로 향했다. 가난한 집안 형편에 다소라도 보탬을 주고자 대도시에서 일거리를 찾기 위해서였다. 그때가 열일곱 살. 나이를 감안하면 소년은 대단히 성숙했고 나름의 배포도 있었다. 다행히 남쪽 항구도시에는 시집간 소년의 누님이 살고 있었다.

소년은 누님의 도움으로 잠시 미군들을 상대로 하는 가게의 점원으로 일하다가 하사관학교에 입교했다. 그리고 하사관 생활을 하던 중 어떤 경로로 간부 후보생 과정을 거쳐 장교가 되었다. 그게 대략 육이오가 일어나기 일 년 전쯤이었다.

그 무렵 장교는 청천벽력 같은 소식을 듣게 되었

다. 그가 양지마을을 떠나던 해 가을 읍내에서 발생한 시월사건에 가담했다가 잠적했던 큰집 둘째 형이 바로 전해에 일어난, 여순반란사건 혹은 여수 14연대 반란사건으로도 불리는 여수·순천사건에 연루되어 수감 중이라는 것이었다. 여수순천사건은 그가 하사관으로서 진압작전에 투입되기도 했던 사건이었다.

얼마 후 그는 세 살 난 아들을 업은 둘째 사촌형수와 면회를 갔다. 놀라운 것은 둘째 사촌형이 14연대의 공식적인 계급과 별도로 군사봉기를 한 좌익들 내부 세계에서 상당히 지위가 높은 지도자급 인물이었다는 사실이었다. 수감 중인 죄수 신분임에도 둘째 사촌형의 얼굴은 평소와 별 다름없이 단아하고 여유가 있어 보였다. 셋째 사촌형은 국군 장교가 된 사촌동생에게 말했다. 얘야. 조금 있으면 김일성 장군님께서 우리를 해방시키러 내려오실 거다. 너도 잘 생각해서 그때를 대비하도록 해라. 국군 장교에게 사촌형의 그 말은 진심으로 느껴졌다. 그래서 슬펐고 함께 온 형수와 눈물을 흘렸다.

둘째 사촌형은 그 해인가 육이오가 일어나기 직전인 이듬해 초던가 사형을 당했다고 전해졌다. 큰집의 가장인 큰형님과 식구들은 사형이 집행되었다는 D시 인근의 산기슭을 며칠에 걸쳐 뒤졌지만 시신은 찾을 수 없었다.

"같이 좀 앉아도 되겠소?"

상념을 깨는 소리에 김준규가 고개를 들었다. 아까 식당에서 보았던 백발노인이었다.

"예, 그러시죠."

김준규가 재빨리 벤치 한쪽 끝으로 몸을 옮겨 상대방이 앉을 자리를 만들었다.

"고맙소."

"아, 아닙니다."

백발노인은 김준규가 만들어준 자리에 앉으며 산그림자와 햇살로 양분된 내를 바라보았다.

"날씨가 참 좋소."

"예……"

"작품을 쓰시는 분이라고 사무실에서 들었는데……?"

백발노인이 김준규를 향해 몸을 돌리며 물었다.

"예."

"참 멋진 직업이오 그래, 작품은 주로 어떤 걸 쓰시

오?"

"특정한 분야는 없습니다. 관심이 가는 주제나 내용이 있으면 쓰게 됩니다."

"그렇군요. 그럼 쓰신 작품은 모두 무대에 올리시오?"

"대부분 그런 편입니다.

"공연은 어디서 하시오?"

"대학로에서 합니다."

"대학로요?"

"그곳에 조그만 극장이 하나 있습니다."

"그래요? 대단하시오, 젊은 분이 극장을 가지고 계신다니."

"아닙니다. 조그만 건물 지하실에 있는 소극장에 불과합니다. 할아버지의 집을 아버지께서 헐고 지으셨지요."

"조부님의 집이라…… 가족분들이 서울에서 사신 지가 오래된 모양이군요?"

"아버지께서 대학로가 있는 혜화동에서 태어나셨다고 들었습니다."

"그래요?"

백발노인이 잠시 생각을 하는 듯하다가 다시 물었다.

"지방공연도 하시오?"

"가끔 합니다."

"그럼 잘 됐소."

그러면서 백발노인이 상의 안주머니에서 명품 브랜드의 지갑을 꺼내들고 명함을 뽑아 김준규에게 건넸다. 백발노인은 동해안에 있는 공업도시의 한 병원 이사장이었다. 이사장이란 직함으로 봐서 대형종합병원인 것 같았다. 순간 김준규는 가슴 한 켠에서 서늘한 기운이 지나가는 듯한 섬뜩한 느낌을 받았다.

"나는 장동식이라고 하오."

백발노인이 손을 내밀었다.

"예. 김준규라고 합니다."

김준규는 장 이사장의 손을 두 손으로 잡으며 고개를 숙였다. 그리고 혼란스러운 마음을애써 진정시켰다.

"우리 병원에 공연장이 하나 있소. 규모가 크지 않고 시설도 보잘것없지만 지역주민들에게 봉사한다는 생각으로 운영하고 있어요. 사정이 허락하면 한번 내려와서 공연을 해 주시면 고맙겠소."

"예. 그러겠습니다."

김준규가 대답을 하며 장 이사장에게 명함을 건넸다.

"죄송합니다. 제대로 된 명함이 아니라서⋯⋯."

"천만에요. 명함이야 연락처나 알리면 되는 거지 고급스러울 필요가 없잖겠소."

"예, 고맙습니다. 그런데 이사장님께선 전에 이 펜션에 오신 적이 있습니까?"

"물론이오. 한 서너 번은 왔던 것 같은데⋯⋯. 처음 이 펜션이 들어서고 후배 가족들과 함께 오기 시작해서 근년에 서너 번은 왔던 것 같소."

"비교적 자주 오셨군요. 이곳을 찾는 특별한 이유라도 있으십니까?"

"뭐, 특별한 이유라기보다는 내가 살고 있는 도시에서 가까우니까. 그리고 병원장을 아들에게 물려주고부터는 좀 한가해져서 골프도 칠 겸 들렀던 거요."

"혹시 이 성천에 연고가 있으십니까?"

"연고라⋯⋯?"

장 이사장이 생각을 정리하는 듯 말꼬리를 끌었다.

"예."

"나는 직접적인 연고가 없지만 내 지인이 성천과 조금 연고가 있소."

"지인이라시면?"

"조금 전에 말한 내 대학 후배인데 부친이 육이오 때 이곳 가양지역에서 싸웠다고 했소. 성천전투에 대해 들어본 적 있으시오?"

장 이사장의 그 대답에 김준규는 조금 마음의 여유를 회복했다. 펜션에 초대받은 사람들은 모두 성천전투 혹은 가양지역 전투에 참전했던 부대원들의 후손이었다. 백경훈 학장과 이지환 대표, 그리고 김준규 자신까지. 그런데 장 이사장의 경우 참전했던 부대원들의 후손이 아니었다. 뭔가 장 이사장은 감추고 있었다.

"몇 년 전부터 관심을 갖기 시작했습니다만 잘은 모릅니다."

"성천전투는 육이오 때 반격의 획기적인 전환점을 마련한 대단히 중요한 전투였소. 그 중에서도 이곳 가양지역 전투가 가장 치열했었다고 해요."

"그 후배의 부친 되시는 분은 지금 생존해 계십니까?"

"아니오. 몇 년 전에 돌아가셨소. 생전에는 가끔 찾아뵙고 인사도 드리곤 했었는데……"

"그런 사이였다면 이곳 가양지역 전투에 대해 그분으로부터 직접 들으신 것도 있으시겠네요?"

"물론 있소."

"그럼 이사장님께선 이곳 가양지역 전투에 대해 잘 아시겠군요?"

"글쎄, 잘 안다고 할 수 있을진 모르겠지만 비교적 그렇다고 할 순 있소. 그 분은 나를 볼 때마다 이곳에서의 전투 얘길 하셨으니까. 처음 이 펜션이 들어섰을 때에도 함께 와서 얘기를 들려주셨소."

"이곳에서의 전투가 그 분에겐 잊히지 않는 기억이었던 모양이죠?"

"그랬던 것 같소. 후배 부친께선 이 가양지역에서의 전투를 당신의 삶에 있어 가장 소중하고 값진 부분으로 생각하셨소. 왜냐하면 이곳 전투에서 여러 번 죽을 고비를 넘겼던 거요. 어떤 인물의 도움으로."

"어떤 인물이라시면?"

김준규는 조금 뜻밖이라는 생각을 하며 숨을 골랐다.

이 장 이사장의 속내는 뭔가. 혹시 김준규 자신의 신원을 알고 있는 것인가. 그래서 대뜸 치고 들어오는 것은 아닌가.

"적의 수중에 들어갔던 성천 읍내를 탈환한 국군은 곧장 이곳 가양지역으로 출동했소. 처음엔 대대병력이 투입되었는데 D시에서 직장을 다니다가 군에 징집된 후배 부친도 그 선봉중대에 배속되었소."

장 이사장이 살짝 뜸을 들였다.

"예…… 그런데요?"

"그 선봉중대의 중대장이 아주 탁월한 장교였소. 급조된 다른 장교들과 달리 전투경험이 많았고 또 이곳 지리에 밝아 작전에도 능했소. 덕분에 후배 부친도 적절한 전술을 펼친 중대장 덕분에 비교적 안전하게 전투에 임할 수 있었고 또 몇 차례 위험에서 중대장의 도움으로 목숨을 구하기도 했소. 그런 일은 다른 부대원들도 마찬가지였소."

"다행한 일이었군요. 그 분에게나 다른 분들에게나."

"이곳 전투에서 적군이 많은 사상자를 내며 대패했던 데 비해 아군의 피해가 거의 없었던 것도 그 중대장의 공로였소. 그런 의미에서 후배 부친도 또, 다른 부대원들도 가히 천운이라 할 만큼 훌륭한 중대장을 만났던 거요."

"그런 그 중대장이라면 나중에 당연히 영웅이 되었

겠군요?"

김준규가 슬쩍 물으며 장 이사장의 반응을 살폈다. 그러나 장 이사장의 입에선 선뜻 대답이 나오지 않았다. 그의 얼굴이 순간적으로 어두워졌다.

"왜 그러십니까?"

"안타깝게도 그 중대장의 뒷일이 별로 좋지 못했소."

"무슨 일이 있었습니까?"

"무슨 일이 있었소."

그러고서 장 이사장은 다시 입을 닫고는 몸을 돌려 한참 동안 펜션 진입로 입구 쪽의 국도를 바라보았다. 말간 가을하늘이 간간히 차량들이 오가는 국도 주변을 고적하게 만들고 있었다. 김준규는 그가 어떻게 얘기를 정리해서 말할까 고심하고 있다고 생각했다. 장 이사장이 다시 김준규 쪽으로 몸을 돌렸다.

"부대원들이 첫 번째 전투에서 막 승리를 하고 잠시 쉬던 참이었소. 그때 인근 마을을 수색하던 다른 부대원들이 좌익분자 한 명을 잡아 왔소. 그 좌익분자는 양지마을 형님네 과수원에 구덩이를 파고 숨어 있다가 아군에게 발각되었소. 누가 신고를 했던 거였소."

"양지마을요?"

"그렇소. 그 좌익분자의 형님네는 해방 후부터 이미 좌익이라는 소문이 있던 첫째아우가 읍내에서의 시월사건에 이어 여순사건에 연루되어 사형을 당한 터라 이웃으로부터 곱지 않은 시선을 받고 있었소."

"그랬다면 곧바로 육이오가 일어나면서 빨갱이 집안에서 일약 혁명가의 집으로 바뀌었겠군요?"

"맞소. 육이오가 일어나고 적군이 피죽지세로 밀고 내려오면서 이 나라는 곧 저들의 세상이 될 것 같았소. 그리고 실제로 양지마을도 저들의 수중에 들어갔소. 그때 저들이 혁명가의 집이니 뭐니 하면서 추켜세우는데 다른 선택을 할 수 있었겠소. 물론 막내도 어떤 면에서 의기양양하고 죽은 형이 자랑스럽기까지 했을지도 몰라요. 하지만 그것을 마냥 어리석다고만 말하긴 힘들잖겠소? 죽은 형의 말대로 정말 김일성 군대가 내려왔고 이 나라의 대부분이 저들에게 점령당한 상황이었으니 말이오."

"그렇겠지요."

김준규는 의례적으로 맞장구를 쳤다.

"읍내에서부터 국군이 치고 올라오자 양지마을의

적들은 곧바로 퇴각하여 이곳 가양지역의 저쪽 편 군대로 집결했소. 그 와중에 양지마을에 남아 있던 그 막내가 잡혔소. 세상이 또 바뀔 것 같으니까 이웃에서 신고를 했던 거요. 그런데 잡혀온 그 막내가 바로 중대장의 큰집형, 그러니까 사촌형이었소."

"예……."

"놀랍지 않소?"

"놀랍습니다."

"그런데 별로 놀라시는 것 같지 않은데……?"

"그렇게 보이신다면 죄송합니다."

김준규가 멋쩍게 웃었다.

"아니, 아니오."

장 이사장이 한 손을 가볍게 저었다.

"그래서 어떻게 됐습니까?"

"끌고 온 막내 사촌형을 부대원들은 작전본부로 쓰고 있는 한 가옥의 광에 포박한 채 가두어두었소. 그런데 중대장이 빼내어 자기 곁에 두기 시작한 거요. 사촌형의 좌익 혐의는 이웃의 오해라면서."

김준규는 장 이사장의 얼굴에서 시선을 돌렸다. 장 이사장의 얘긴 중요한 부분을 약간 건너뛰는 데가 있었다. 막내 사촌형이 잡혀온 날, 밤늦게 중대장은 큰집 큰형님의 방문을 받았다. 집안의 장손으로서 평소 사촌동생인 자신을 냉랭하게 대했던 큰형님이었다. 그러나 그 날 하나밖에 남지 않은 동생을 살려달라고 애절하게 호소하는 큰형님의 모습에는 장손으로서의 권위 같은 것은 없었다. 중대장은 그러겠다고 큰형님에게 약속했다. 장손인 큰형님의 부탁을 무시하기도 어려웠지만 자신을 다정하게 대해주었던 둘째 사촌형에 대한 그리움 같은 게 더 큰 작용을 했다.

"그리고는요?"

"혹시 그 학장이란 분이나 대표란 분이 아무 얘기도 안 했소?"

장 이사장이 되물었다. 그는 백경훈 학장과 이지환 대표가 다녀간 사실을 이미 알고 있었다. 펜션 사무실에서 들은 걸지도 몰랐다.

"학장이란 분은 직접 만나 뵙지 못했고 이 대표님과는 얘기를 나눴지만……"

"무슨 얘기를 했소, 이 대표란 사람은?"

"별 얘기는 없었습니다."

"그랬소? 학도병 얘기도 안 했소?"

장 이사장의 말투는 이지환 대표를 잘 알고 있는 듯한 뉘앙스를 풍겼다.

"아, 그 학장이란 분이 학도병의 아들일 거라는 얘기는 하더군요. 그러나 학도병에 대해선 더 이상 아는 게 없다고 했습니다."

"그랬소? 아무튼 이곳 가양지역 전투가 끝나고 북진하는 과정에서 사건이 발생했소."

"사건요?"

"그렇소. 바로 그 학도병이 중대장을 군 당국에 고발했던 거요."

"어떻게 그런 일이……"

"중대장은 사촌형을 당번병처럼 늘 자기 곁에 두고 데리고 다니면서 보호했소. 그런데 학도병이 그 사촌형의 정체를 알게 되었소."

"정체라니요?"

"그의 형이 성천 읍내에서 발생했던 시월사건 주동자 중의 한 사람이었다는 사실을 알게 되었던 거요. 그리고 적개심과 복수심을 품게 되었소. 학도병은 군청에 다니던 아버지가 시월사건 때 사망했소."

"그래서요?"

"학도병은 틈만 나면 중대장의 막내 사촌형을 죽이려고 기회를 노렸소. 직접 아버지를 죽인 원수는 아니지만 원수 무리의 동생이었고 또 스스로 적 치하에서 앞장서서 적을 도운 좌익이었으니까 얼마든지 죽여도 된다고 생각했던 거요."

"그랬군요."

"그 사실을 중대장이 알고 타이르고 말렸소. 중대장은 평소 그 학도병을 동생처럼 몹시 아꼈소. 아까 내 후배 부친 얘기도 했지만 그 학도병이야말로 중대장의 도움을 가장 많이 받았소. 어린 나이에 자원입대한 걸 갸륵하게 여겨 가급적 위험한 작전에선 제외시키는 등 온갖 배려를 다했소."

"그런데도 그랬습니까?"

"그만큼 아버지의 죽음에 대한 분노가 컸던 거였소."

"말씀을 듣다보니 조금 이상하군요."

"뭐가요?"

"이사장님께서 아시는 이 사실을 이지환 대표님은 왜 모르고 있을까요?"

김준규의 말에 장 이사장의 한쪽 입언저리에 가벼

운 미소가 번졌다.

"모르는 게 아닐 거요. 모르는 척 하는 것 아니겠소."

"왜……?"

"짐작이 안 가시오?"

장 이사장이 김준규와 눈을 맞추었다.

"아니, 짐작이 갑니다. 그럼 역시?"

"그렇소. 학도병에게 중대장의 막내 사촌형의 정체를 알려준 사람이 바로 이 대표란 사람의 조부였기 때문이오. 그 양반의 조부는 민간인 신분으로 이 가양지역 전투에 참전한 유일한 사람이었소."

"이 대표님 조부는 왜 그랬을까요?"

"정확한 이유는 알 수 없지만 이 대표의 조부는 성천 지역 대지주 이 씨의 큰아들로부터 많은 도움을 받고 있었소. 그런데 그 큰아들이 시월사건 때 부친과 아들을 잃었소. 그런 만큼 아마 본인 스스로도 좌익에 대한 분노가 있었을 테고 또 큰아들에게 충심을 보이려 했기 때문이 아니었나 싶소. 그런 심리가 학도병으로 하여금 중대장의 막내 사촌형에게 복수하게 한 것 같소."

"예…… 그래서 그 뒤는 어떻게 되었습니까?"

"이 대표의 조부는 이 가양지역 전투를 지원하는 것으로 부대를 나왔소. 그리고 중대장은 부대원들을 이끌고 계속 북진했소. 그 과정에서 학도병이 중대장의 막내 사촌형에게 총을 쏘는 일이 일어났소. 다행히 막내 사촌형이 큰 부상을 입지는 않았지만 중대장으로선 고민이 될 수밖에요. 학도병에게도 그렇지만 다른 부대원들에게도 떳떳하지 못했고 그런 불상사가 다시 일어나지 않으리란 보장도 없었으니까. 그래, 어느 날 밤, 부대원들 몰래 사촌형을 탈출시켰어요."

　"그러니까 그 일을 학도병이 군 당국에 고발했다는 말씀이죠?"

　"그렇소. 그 일로 중대장은 일신상 많은 불이익을 당했소."

　"불이익이라면 어떤……?"

　"중대장은 가양지역의 승리로 전투 직후 두 개의 무공훈장을 받았소. 그런데 그 고발사건으로 훈장이 취소됐소. 전쟁의 와중이라 그 일은 더 이상 문제가 되지 않고 한동안 묻혔소. 그러나 휴전 후 그 사건이 족쇄가 되어 그 유능한 중대장은 결국 영관급으로 진급하지 못하고 예편할 수밖에 없었소."

"그랬군요."

김준규는 시큰거리는 콧날을 가만히 눌렀다.

십이삼 년 전쯤이었다. 아버지는 병무청으로부터 돌아가신 할아버지가 무공훈장 수여대상자라는 통보를 받았다. 그동안 혼선이 생겨 누락이 되었었다는 얘기였다. 훈장이 취소된 지 오십 년이 넘었고 당사자인 할아버지가 돌아가신 지도 이십여 년이 지나서였다. 아버지는 한 부대에서 가족의 자격으로 할아버지의 훈장을 받았다. 아버지가 할아버지의 군 시절에 대해 조금씩 관심을 갖기 시작한 것도 그때부터였다.

"뿐만이 아니었소. 중대장은 큰집과도 사이가 멀어지게 되었소. 부대를 탈출한 후로 막내 사촌형이 영영 돌아오지 않았던 거요. 중대장의 잘못은 아니지만 큰형님으로선 하나 남은 동생까지 잃다 보니……"

장 이사장의 목소리가 살짝 흔들렸다.

"막내 사촌형은 어떻게 된 건데요?"

"시신을 발견하지 못했으니까 죽지는 않은 것 같은데……. 아마도 퇴각하는 적군을 따라 월북한 게 아닌가 싶소. 그 후 중대장은 예편과 함께 서울에 머물고 큰집도 D시로 나가 살게 되면서 사촌 간의 왕래가 끊겼소."

"그런데 그 후배 부친 되시는 분은 중대장과 언제까지 함께 근무했습니까? 뒷일까지 아시는 걸 보니 꽤 오래 같이 근무하신 듯한데요?"

"내가 알기로 중대장은 전쟁 중 다른 부대로 전출되었지만 후배와는 사이가 각별해 휴전 후까지 한동안 서로 연락을 주고받았던 것 같소."

"예…… 그런데 참, 아까 말씀하신 것 중에 중대장의 둘째 사촌형에 대한 부분도 있었는데…… 시월사건과 여순사건에 연루되어 사형당했다는 분 말입니다. 혹시 그 가족들에 대해서도 들으신 게 있으세요?"

"가, 가족요? 그것까지는…….."

장 이사장이 말을 얼버무렸다.

"예……"

"그렇지만 묘하잖소? 부잣집 사촌형은 좌익이었고 가난한 집 사촌동생은 우익이었소. 그러면서도 서로 아껴주고 따랐다는 게 신기하잖소?"

"그러네요."

"그땐 모두 뭐가 뭔지 제대로 몰랐소. 그래서 올바른 선택도 못했던 거요. 지금 입장에서 생각하자면 모두 스물 남짓한 어린 사람들의 일이었소.”

“예…… 아무튼 좋은 말씀 많이 들었습니다.”

김준규가 장 이사장을 향해 살짝 고개를 숙였다.

“천만에요. 글을 쓰시는 분이라 소재가 될까 하고 횡설수설 했는데 괜히 시간을 뺏은 건 아닌지 모르겠소.”

“아닙니다. 재밌게 잘 들었습니다.”

“그렇다면 다행이오. 내 연락드릴 테니 꼭 한번 우리 병원에 내려와 공연해 주시오.”

장 이사장이 일어서면서 다시 손을 내밀었다.

“예, 그러겠습니다.”

김준규가 장 이사장의 손을 두 손으로 잡으며 대답했다.

장 이사장이 먼저 자리를 뜨고 김준규도 조금 후방으로 들어왔다.

커피잔을 들고 김준규는 창가 테이블 앞에 앉았다. 햇살에 희부윰하게 빛나는 수변공원이 액자 속 그림 같았다.

장 이사장이 말한 후배 부친이라는 사람은 정말 생존했던 인물일까 아니면 가공의 인물일까.

휴전 후에도 중대장과 연락을 주고받았다지만 그 후배 부친은 가양지역 전투와 직접적으로 관련이 없는 일까지도 알고 있었다. 그게 가능한 일일까. 그리고 중대장이 자신의 가족사의 내밀한 부분까지 말했을까.

오히려 김준규로선 아직도 알 수 없는 게 많았다. 장 이사장이 말한 훈장만 해도 그랬다. 육이오 당시 취소되었던 훈장이 어떻게 복원이 된 걸까.

그리고 장 이사장이 유독 중대장 얘기만 했던 것도 마음에 남았다. 혹시 상대방이 누군지 알고 의도적으로 다가섰던 건 아닐까.

김준규는 아버지로부터 들은 게 있었다. 할아버지의 둘째 사촌형에 관한 얘기였다. 물론 아버지도 할아버지로부터 들었던 것이었다.

전쟁이 끝나면서 중대장의 큰집에서는 중대한 일이 있었다. 장손인 큰형님이 죽은 동생의 안사람을 집안에서 내보내기로 했던 것이다. 막내가 아직 행방불명인 상태에서 그것은 대단한 결단이 아닐 수 없었다. 그러나 큰형님은 동생의 아들이 빨갱이의 자식으로 평생을 살아가게 될 것에 대해 걱정을 했다. 그래서 놓아줌으로써 그 아이가 자유롭게 살기를 바랐다.

아직 전역 전이었던 중대장에게 둘째 사촌형수가 찾아온 것도 그 직후였다. 사촌형수는 네 살 난 아이를 끌어안고 남편이 아끼던 중대장 앞에서 울었다. 전날 수감중이던 남편을 보며 울었듯이. 그러면서 다짐했다. 아이를 잘 키우겠다고. 절대로 세상 일에 관여하지 않는 사람으로 키우겠다고.

사촌형수는 친정으로 간다고도 했고 아무도 모르는 곳으로 간다고도 했다. 중대장은 그 후로 사촌형수를 보지 못했다. 사촌형수는 장씨였다.

밤늦게까지 작품을 마무리하던 김준규는 새벽녘이 되어서야 잠이 들었다. 다시 잠에서 깬 건 정오가 다 되어서였다. 장 이사장은 골프를 치러 나갔는지 인기척이 없었다.

자리에서 일어난 그는 곧바로 퇴실 채비를 하고 사무실로 내려갔다. 사무실 직원이 조금 전 새로운 손님들이 들어왔다고 했다. 세 명의 미국인으로 육이오 참전용사의 증손들이었다. 참전용사는 얼마 전 아흔이 넘은 나이로 작고했는데 한국의 전우들 곁에 묻히고 싶다는 고인의 유언에 따라 남쪽 항구도시에 있는 외국군 묘지에 유해를 안장하고 들르는 거라고 직원이 설명을 덧붙였다. 그 참전용사 역시 이 가양 지역 전투에 참전했었던 건가.

사무실을 나서서 그는 로얄동 앞뜰을 가로질러 걸었다. 여전히 이곳에 펜션이 들어선 경위와 자신을 비롯한 몇 사람이 초대받은 내막에 대해선 알 수 없었다. 앞으로도 또 누군가가 이 펜션에 초대될 것이다. 따라서, 그것은 시간에 맡길 문제라고 생각했다.

잔디밭 한쪽 벤치에 직원이 말한 그 미국인들이 앉아 국도 건너편의 들판을 바라보며 하모니카 반주에 맞춰 노래를 부르고 있었다. 모두 이십대로 보이는 청년들이었다.

그는 고개를 들어 펜션 지붕을 올려다보았다. 지붕 전면에 설치된 펜션 간판 ≪그린펜션≫이 주위와 썩 잘 어울린다는 생각을 했다. 그리고 잔디밭에서 젊은 미국인 친구들이 부르고 있는 노래도. 노래는 브라더스 포(Brothers Four)의 1960년도 히트 넘버 〈그린 필드(Greenfields)〉였다.

Once there were greenfields kissed by the sun

옛날 햇살이 빛나는 푸른 초원이 있었어요

Once there were valleys where rivers used to run

옛날 강물이 흘렀던 계곡이 있었어요

Once there were blue skies with white clouds high above

옛날 흰 구름이 둥실둥실 떠 있는 하늘이 있었어요

브라더스 포(Brothers Four), 〈그린 필드(Greenfields)〉

끝나지 않은 계절

1

분주히 가을이 지고 있었다.

고개를 들면 파아란 하늘이 속이 드러날 듯 투명한데 아파트 입구를 두르고 있는 도로 양켠으로 늘어선 플라타너스가 수시로 손바닥보다 큰 잎사귀들을 떨궈내곤 했다. 바람이 지나갈 때마다 지천으로 날리는 낡고 퇴색한 나뭇잎들을 보고 있노라면 줄지어 선 플라타너스들이 마치 일제히 함성을 지르고 있는 것 같기도 하고 어쩌면 속 깊은 곳에서 진한 울음을 토해내는 것처럼 느껴지기도 했다.

현수는 길게 담배연기를 내뿜었다. 어느새 깊어진 가을이지만 그로선 계절감을 자각한다는 게 다소 생소한 기분이었다. 매일 아침 출근하면서 쌀쌀해진 기온에 목덜미를 움츠리거나 발밑에서 밟히는 낙엽들로 계절의 변화를 감지하면서도 막상 가을이 깊었다는 실감은 별로 하지 못하던 터였다. 확실히 가을의 서정은 푸른 하늘과 낙엽만이 아닌 그 어떤 무엇이 있음으로써 가능했다. 그가 그동안 가을을 제대로 실감하지 못했다면 바로 그 어떤 무엇을 미처 깨달을 여유가 없었기 때문인지도 몰랐다. 그런 만큼 모처럼 한가로운 심정으로 마주하는 깊은 가을은 느닷없다는 느낌이면서도 과히 싫지가 않았다.

그는 레지던트 말년이었다. 레지던트 말년이란 수련의(修鍊醫) 과정 삼 년이 끝나가는 것을 의미했다. 그러므로 바쁘게 돌아가던 지난 몇 년 이래 처음이다시피 가슴으로 가을을 만나게 된 것도 실상은 레지던트 말년 덕분이랄 수 있었다. 내년 일월로 예정된 전문의(專門醫) 시험에 대비하라는 뜻으로 병원 측에서 이번 주부터 일주일에 이틀만 출근해도 좋다는 배려를 해주었던 것이다.

그는 병원에 나가지 않는 날은 하루 종일 자기 방에서 원서와 씨름했다. 원서의 내용이랬자 대부분 수련의 과정에서 직접 다루어본 것들이었지만 각종 병명별로 증상에서부터 치료방법에 이르기까지 체계적으로 이론을 정리해서 이해하는 일은 쉬운 듯하면서도 많은 시간을 요했다.

식사를 하러 거실로 나오는 때를 제외하면 거의 모든 시간 그는 자기 방에 파묻혀 지냈다. 그러다보면 이따금 그 속에서 낮과 밤의 경계를 놓쳐버리는 경우도 있었다. 그런 그에게 유일한 낙이라면 현관문을 열고 나와 복도에서 담배를 피우는 일이었다. 물론 평소 흡연이 과도한 편인 그로선 방 안에서 책을 보는 중에도 줄곧 담배를 물고 있었지만 바깥의 신선한 공기를 마시며 맛보는 담배맛에 비할 수는 없었다. 복도 쪽으로 난 창문을 밀봉해놓은 방 안의 혼탁한 공기 속에서의 흡연은 습관에 의한 의례적인 행위일 뿐 휴식의 의미는 결코 아니었다. 그렇다고 담배한 개비로 머리를 식히는 장소로 거실도 썩 적당한곳은 못 되었다.

그가 살고 있는 십팔평형 아파트는 일자형(一字型)으로 복도와 연한 전면은 현관과 그의 방이었고 그 다음이 거실과 안방 그리고 베란다 순이었다. 그러나 집주인인 형 내외가 거처하는 안방만 웬만한 크기일 뿐 그의 방은 말할 것도 없고 주방을 겸한 거실조차도 싱크대와 식탁 자리를 제외하면 조그만 장의자 하나 겨우 놓을 수 있는 공간이 고작이었다. 따라서 자기 방은 어쩔 수 없다 하더라도 그 좁은 거실에까지 담배냄새를 배게 하기는 싫었고 무엇보다 잠시 담배를 태우는 시간만이나마 바깥바람을 쐬고 싶었던 것이다.

필터 가까이 타들어간 꽁초를 복도 쓰레기통에 버리고 그는 새로 담배를 꺼내 물었다. 고작 담배 한 개비로 돌아서기엔 뒤늦게 만난 가을이 너무 아쉬웠던 것이다.

어쩜 이 담배 때문에 나중에 어려운 경우를 당하게 될지도 몰라.

담배에 다시 불을 붙이면서 그는 속으로 중얼거렸다.

물론 인간의 생명을 다루는 의사가 담배에 탐닉한다는 게 썩 바람직한 일이 못 된다는 건 그도 잘 알고 있었다. 실제로 나이든 몇 몇 의사들을 제외하면, 젊은 동료 의사들의 대부분이 담배를 가까이 하지 않았다. 그런 현상은 자기관리에 철저한 젊은 층의 영악함이라고 치부되기에 앞서, 환자에게도 삼가기를 권해야 할 의사로서의 기본이라는 편이 오히려 더 타당할 터였다.

그러나 그런 사실까지 모르지 않으면서도 그는 담배를 끊지 못했다. 그는 다시 담배연기를 길게 한 모금 빨아들이며 아파트 너머로 눈을 주었다.

아파트 주변은 공장지대였다. 제약회사에서부터 각종 기계부품 공장, 화학제품공장 등이 아파트 주위에 무질서하게 밀집해 있었다. 따라서 아파트나 그 주변 모두가 주택가로서 썩 적당한 동네는 아니었다. 그런데도 하늘빛은 여전히 푸르렀다. 지상의 공장에서 줄기차게 뿜어대는 매연에도 불구하고 본래의 색감을 잃지 않고 있는 하늘의 그 도도함이 그는 무척 신기했다.

하늘 끝을 좇던 시선을 내리면 그 아래로는 경마장 자리였다. 재작년까지만 해도 집에서 쉬는 일요일, 복도에 나가면 트랙을 도는 말들을 볼 수 있었다. 그러나 경마장이 과천으로 옮겨간 지금 트랙은 비어 있고 그 가운데 원형의 잔디가 가을햇살에 실루엣처럼 희미하게 빛을 뿜었다.

그 원형의 희부윰한 빛 속에서 사람들이 움직이고 있었다. 원형의 잔디는 간이 골프장이었다. 말들이 트랙을 돌 때에도 골프채를 휘두르던 사람들에게 경마장 이주는 그러므로 한층 쾌적한 스포츠 환경을 제공해준 셈이었다. 그렇지만 공장 근로자들이 많이 모여 사는 동네에서 골프를 즐기는 일은 어떤 의미에서도 별로 아름다운 모습일 수 없다고 그는 생각했다.

손가락 사이에서 두 번째 담배가 긴 재를 위태롭게 매단 채 타들어가고 있었다. 그는 다시 초조해졌다. 생각 같아선 한 대쯤 더 태워야 성이 찰 듯했다. 그만큼 가을의 공기는 가슴속까지 시리도록 청명하고 책에서 벗어난 시간은 조금이라도 더 연장시키고 싶었다. 역시 가을은 시험이 주는 중압감을 잠시나마 잊게 하는 매력적인 데가 있다.

그러나.

순간 머릿속을 스쳐가는 하나의 기억이 그를 주춤하게 했다.

어쩌면. 그래, 어쩌면……

그러자 그는 금세 심각한 얼굴이 되었다. 뒤늦게 만난 가을을 핑계 삼아 복도에서 줄담배를 태우며 느적거리고 있는 데엔 시험 준비로 무거워진 머리를 식힌다는 측면보다 실은 다른 어떤 기억이 더 직접적인 배경이 되고 있을지도 모른다는 당혹감 때문이었다.

그는 담배를 비벼 끄고 고개를 돌렸다. 엘리베이터가 있는 중앙계단 입구 쪽에서 인기척이 느껴졌던 것이다.

"어, 형님!"

이쪽으로 다가오고 있는 사람은 형의 친구 이정흠이었다.

"아, 현수! 오늘은 출근 안 했나보군. 그런데 왜 나와 있어?"

"그냥 바람이나 좀 쐬려구……"

"참, 시험 준비하고 있다고 그랬지?"

"예……"

"그래서 그런지 얼굴이 좀 안 돼 보이네. 신경이 많이 쓰이는 모양이군?"

"뭐, 별루……"

그는 소리 없이 수줍게 웃었다.

"형, 있지?"

"예, 조금 전에 퇴근해서 계세요. 자, 들어가시죠."

그는 정흠과 함께 집 안으로 들어왔다.

"어, 웬일이야? 어서 와."

안방에서 텔레비전을 보고 있던 그의 형 현준이 일어서서 거실로 나오며 친구를 맞았다.

"지나가는 길에 들러봤어. 오늘 학교 나왔었거든."

"오늘 토요일인데? 토요일에도 강의가 있나?"

"아니, 박 교수님 연구실에서 책 좀 보려구. 집은 시끄러워서……"

정흠은 대학교 강사였다. 아직 학위는 받지 않았지만 올해 초에 박사과정을 마친 정흠은 모교를 포함한 몇 군데 시간강의를 나가고 있었다. 그 모교가 바로 이 근처였다. 그리고 박 교수란 정흠의 모교 은사이자 박사논문 지도교수였다.

현수는 형 현준의 가장 친한 친구인 정흠에게 평소 남다른 호감을 갖고 있었다. 그것은 단순히 형과 가까운 친구여서가 아니라 정흠에게서 진한 인간미가 느껴졌기 때문이었다.

정흠은 대학교 때 학보사 편집장을 지냈었다. 편집장 시절에도 그는 빈민이나 날품팔이, 일세방 거주인, 갱생원 원생 등 소외계층의 실상을 취재하느라 직접 현장을 뛰어다녔고 심지어 그 사람들과 한동안 함께 기거하기도 할 만큼 자기 일에 적극적이었다. 그런 까닭으로 관계기관에 의해 조사를 받기도 하고 요주의 인물로 감시대상이 되기도 했었다.

국문학이 전공인 정흠은 사학년 때 모 신문사에서 주최한 미래사회에 대한 전망을 주제로 한 인문과학 논문공모에 당선된 사실이 참작되어 졸업 후 육군사관학교 신문사에서 군복무를 마칠 수 있었다. 그러므로 학보사 편집장과 육사 신문사에서 근무했던 경력이 있는 만큼 웬만하면 언론기관으로 진출할 생각을 할 법도 했다. 더욱이 정흠의 실력이나 사회정의를 향한 순수한 열망을 감안하면 기자직은 여러모로 합당한 직업일 터였다. 그러나 정흠은 전공인 고전문학을 더 공부하겠다며 대학원에 진학했던 것이다.

"그런데 얼굴이 너무 안 돼 보이네. 무슨 근심이 있는 것 같아?"

슈퍼마켓에 갔던 친구 아내가 돌아와 끓여온 차를

들며 이런저런 얘기를 나누다가 문득 정흠이 현수에게 물었다.

"근심은 무슨 근심요……"

"아냐, 얼굴이 많이 상했어. 시험 때문인가……?"

"……"

그러나 딱 부러지게 말하지 않는 현수는 여전히 굳은 표정이었다.

"내가 보기엔 시험 때문만은 아닌 것 같은데…… 혹시 다른 문제가 있나?"

"꼭 무슨 문제라기보다……"

정흠의 거듭된 관심에 현수가 말끝을 흐렸다.

"역시 뭔가 있는 모양이군."

"그러나 제 개인적인 문제라서……"

"그래? 거참, 한 집에 사는 형이란 사람은 동생에게 너무 무심했나보군. 내가 알아도 되는 거라면 얘기해봐."

정흠은 현준을 향해 한번 장난기 어린 표정을 지어 보이곤 현수를 재촉했다.

"아셔도 괜찮은 겁니다만 좀 애매한 일이 되어버려서…… 그러죠. 말씀드리죠."

"그럼 자리를 옮길까?"

거실로 나와 앉자 현수가 담배를 피워 물며 이야기를 시작했다.

"얼마 전에 제가 맡은 환자가 한 사람 있는데 입원할 때 벌써 지독한 상태였습니다. 그래서 즉각 중환자실로 입원시켰습니다만 거의 가망이 없어 보였습니다. 실제로 검사결과도 마찬가지였죠. 다시 말해 사망하는 건 시간문제였습니다. 그러나, 아무튼 우리로선 할 수 있는 데까지 조치를 취했죠. 물론 회복을 기대했던 건 아닙니다만……"

"그래서? 회복이 안 되었다는 거야?"

현준이 동생에게 물었다.

"예, 그 환자는 결국 회복을 하지 못하고 며칠 전에 사망했습니다."

"그런데?"

"그런데 문제는…… 이건 제 개인적인 소견입니다만……. 그 환자의 사망에 어떤 의혹이 느껴진 겁니다."

"의혹이라니?"

"그 환자의 사망에 어떤 인위적인 조작이 있었던 건 아닌가 하는 그런 의혹입니다."

"뭐라구? 그게 사실이야?"

잠자코 현수의 이야기를 듣고 있던 정흠의 얼굴에 심각한 빛이 돋았다.

"제 판단으론 그렇습니다."

"그러니까 사실이란 말이지? 그렇다면 그건 범죄 아냐?"

"제 판단이 정확하다면 그렇죠. 그런데 바로 그 점 때문에 도대체 이해가 안 된다는 말입니다."

"그건 또 무슨 말이야?"

"어차피 회복하지 못할 환자에게 구태여 그런 범죄 행위를 할 사람이 어디 있겠습니까?"

"그야 환자가 죽지 않고 회복될 것으로 생각했을 수도 있겠지. 중환자실에 입원했다고 해서 다 사망하는 건 아닐 테니까."

"그러나 그럴 마음이 있었다면 굳이 병원을 택할 필요가 없었잖겠습니까? 입원하기 전에도 얼마든지 기회는 많았을 테구 퇴원한 후에도 마찬가지겠구요."

"그도 그렇군. 그렇다면 뭐야? 결국 윤규 판단이 잘못이라는 뜻이 되나?"

"그렇진 않습니다. 지금도 그때의 제 판단이 틀렸

다고는 생각되지 않습니다."

"그렇담 거 참 이상하군, 그래. 누군가 환자에게 손댄 혼적이 있었다고 그랬는데 죽은 사람을 보면 그런 걸 알 수 있나?"

"알 수 있죠. 그 환자의 경우 사망 당시 입술에 푸른 빛이 짙었고 몇 군데 부종이 보였습니다. 그런 현상은 사연스럽게 사망한 사람에게선 거의 나타나지 않고 어떤 인위적이 요인이 작용했을 때만 가능한 겁니다."

"그러나 그럴 마음이 있었다면 굳이 병원을 택할 필요가 없었잖겠습니까? 입원하기 전에도 얼마든지 기회는 많았을 테구 퇴원한 후에도 마찬가지겠구요."

"그도 그렇군. 그렇다면 뭐야? 결국 현수 판단이 잘못이라는 뜻이 되나?"

"그렇진 않습니다. 지금도 그때의 제 판단이 틀렸다고는 생각되지 않습니다."

"그렇담 거 참 이상하군, 그래. 누군가 환자에게 손 댄 혼적이 있었다고 그랬는데 죽은 사람을 보면 그런 걸 알 수 있나?"

"알 수 있죠. 그 환자의 경우 사망 당시 입술에 푸른 빛이 짙었고 몇 군데 부종이 보였습니다. 그런 현상은 자연스럽게 사망한 사람에게선 거의 나타나지 않고 어떤 인위적인 요인이 작용했을 때만 가능한 겁니다."

"그래……? 다른 의사들의 의견은 어때?"

"그냥 넘어갔죠. 어차피 얼마 후면 사망할 거라는 예후가 있었던 상태에서 다소 사망시간이 앞당겨진다고 해도 그 정도의 오차는 비일비재하니까요. 실제로 일반 병동에 입원했던 환자가 갑자기 통증을 호소해서 중환자실로 옮기자마자 이십 분 만에 사망한 일도 있어요. 그런 경우도 특별한 잘못이 없으면 그냥 넘어가는 게 병원의 생리거든요."

"그럼, 그 환자도 그런 식으로 갑자기 악화된 건 아닐까?"

"글쎄, 저도 그렇게 생각했으면 좋겠는데 아까 말씀드린 사체의 그 흔적이 자꾸만 마음에 걸린단 말입니다."

현수가 가볍게 고개를 저으며 이맛살을 찌푸렸다.

"가만가만! 그 환자가 가망이 없다는 검사결과가 나오면 보통 가족들이 퇴원시키지 않나?"

현준이 문득 물었다.

"물론 시간을 끌 환자라면 그러기도 하지만 그 환

자의 경우는 입원할 때 벌써 가망이 없었습니다. 그럴 땐 거의 퇴원을 안 합니다. 집으로 옮기는 도중에 어떻게 될지도 모르고 그보다는 이미 결과가 드러난 상태에서 조금이라도 더 숨이 붙어 있게 하고 싶은 게 가족들의 심정이니까요. 그래서 대개 병원에서 운명하도록 하지요."

"그러나 나는 도무지 뭐가 뭔지 감이 안 잡히는군. 처음부터 좀 자세히 얘기해봐."

정흠이 한쪽 입꼬리에 주름을 잡으며 물었다.

"그러죠. 자초지종을 말씀드리죠."

2

현수가 그 환자를 맡게 된 건 지난 금요일이었다. 환자는 오후 4시경 응급실로 실려 왔는데 현수가 일별하기로도 상태가 아주 좋지 않았다. 그래서 일단 응급조치를 시킨 후 잠시 경과를 지켜보면서 그 사이 회의를 가졌다. 회의 과정에서는 기초 체크가 끝나는 대로 특수검사를 하기로 의견이 모아졌다. 워낙 환자의 상태가 나빴고 이미 한번 큰 수술을 받은 전력이 있었기 때문이었다. 그 수술은 췌장절제수술이었다.

그러나 서둘러 실시한 특수검사의 결과가 미처 나오기도 전에 환자는 중환자실로 옮길 수밖에 없었다. 갑자기 맥박이 떨어지고 의식이 혼미해지는 등 환자의 상태가 급속도로 악화되기 시작했던 것이다. 재수술은 불가능했다. 환자가 고령인 데다가 그런 상태에서의 수술은 위험할 뿐더러 최선의 방법도 아니었다. 따라서 수술을 하지 않기로 한 이상 환자는 당연히 내과에서 담당하게 되었고 그 담당의사로 현수가 결정되었다.

하지만 회복은 절망적이었다. 하기야, 환자의 현재 나이나 상태를 감안하면 별 자각증세가 없는 췌장의 이상을 오 년 전에 조기 발견했던 것만 해도 여간 행운이 아니었다 싶을 정도였다. 췌장암 수술을 받고서 여든이 넘도록 오 년간이나 별일 없이 지낼 수 있었다는 건 실로 기적에 가까운 일이었다. 당시 특수검사를 했던 내과 김 박사와 직접 집도하여 췌장암수술을 성공적으로 끝낸 외과 황 박사의 의견도 그랬다.

예상했던 대로 검사결과는 비관적이었다. 모든 장기(臟器)의 기능이 거의 마비되어 있었던 것이다. 그러나 장기의 그런 상태는 삼분의 일 가량 잘라낸 췌장의 부실에서 오는 합병증이라기보다 고령에 따른 노화현상으로 자체 기능의 약화 내지는 한계라는 편이 더 옳은 관측이었다.

중환자실로 옮기기로 한 환자에겐 곧 벤틀레이터가 씌워지고 혈압과 맥박과 심전도를 탐지하는 환자검시기(EKG)가 부착되었다. 그리고 인턴 한 명이 환자 곁에 붙어서 석션기를 통해 수시로 가래를 뽑아냈다. 그 동안 현수는 내과 과장인 김 박사의 지시대로 링거 주사로 약물을 투여하며 기능이 소멸되어가는 장기 각 부위의 약화속도를 지연시켰다. 일단은 환자에게 남아 있는 체력과 병에 대한 저항능력이 어느 선까지 모아지도록 기대해보는 수밖에 없었다. 방사선 치료나 화학요법은 그 후에나 생각해볼 문제였다.

그러나 이튿날 아침 환자의 상태는 더욱 악화되었다. 맥박의 저하속도는 그 폭이 커지고 혈압과 심전도도 한층 떨어졌던 것이다. 회복 가능성이 전무하다고 판단되는 상황에서도 행여 하는 마음이 없지 않던 현수는 결국 환자가 맞게 될 죽음을 인정해야 했다. 아침 회진을 한 김 박사도 같은 의견이었다. 그러므로 현수로선 더 이상 환자에게 특별히 취할 조치가 없었다. 나머지는 환자의 죽음을 기다리며 잔인한 시간을 보내는 일뿐이었다. 하지만 그것은 의사로선 정말 못할 짓이었다. 병원에 근무하다보면 일반인들에 비해 죽음에 대해서 월등 무감각해지기 마련이긴 해도 역시 생의 마감을 예감하는 일은 견디기 힘들었다. 애당초 의사의 본분이란 게 죽음의 뒤처리보다 가능하면 사람에게서 그것을 격리시키는 데 있는 까닭이었다.

오전 열한 시경 현수는 대기실에서 기다리고 있던 환자의 가족들에게 마음의 준비를 해두는 편이 좋겠다는 의견을 어렵게 피력했다. 그러나 이미 김 박사로부터 환자의 상태에 대해 들은 게 있는지 생각했던 것보다 가족들은 커다란 동요를 보이지 않았다. 그게 다행스러우면서도 왠지 현수는 일종의 배반을 당하는 기분이었다.

하긴, 오 년 전에 췌장암수술로 한차례 죽음의 고비를 넘겼고 그 이후로 계속 정기검진을 받아오는 동안 고령에 따른 환자의 신체적 약화가 꾸준히 진행되고 있었던 만큼 어쩜 가족들로서도 병원에 들어설

때 이미 환자의 운명을 각오하고 있었는지는 몰랐다. 그러나 그렇다고 하더라도 가족들의 그런 반응은 현수에게 예상 밖이었다. 어떤 경우에건, 그리고 누구에게도 죽음이란 애통한 법이었다.

사람의 생명을 다루는 의사로서, 선입견이나 개인 감정의 개입은 당연히 금물이지만 여러 유형의 환자나 그 가족들을 상대하다 보면 경우에 따라 가끔은 현수도 자신의 마음이 어느 한편으로 경사지는 걸 느낄 때가 있었다. 가령, 환자 스스로 강한 회생의 의지를 보인다거나 가족들의 안타까워하는 모습이 절박하게 가슴에 와 닿을 땐 그도 마치 가족의 일원이기라도 한 양 애절한 심정이 되어 환자나 가족의 한쪽 혹은 양쪽이 모두 포기하는 순간까지도 자신만큼은 회복에 대한 의지를 다지는가 하면, 반면에 환자나 가족 어느 쪽에서든 만약 잘못될 경우 그건 전적으로 네 실수라는 듯 의사에게 노골적인 불신을 보이면 당연히 환자에 대한 적극적인 마음은 가시고 치료는 의무적인 게 될 수밖에 없었다.

실제로 어떤 환자는 임종의 순간까지도 의사의 시술에 신뢰가 가지 않는 듯 평소의 거만한 자세를 고수했고 가족들 역시 비슷한 눈길로 부담을 주는가 하면 심지어 어떤 환자는 가족들의 만류에도 불구하고 담당의사의 교체를 요구하며 치료받기를 거부했다. 그럴 경우 죽음의 순간을 당해서도 꺾이지 않는 보기 드문 강렬한 개성의 출현이라는 의미로 일면 감탄의 염이 일지 않는바 아니었으나 환자를 치료하는 의사로선 역시 한참 맥이 빠지는 일이었다.

그런데 그 환자의 경우가 바로 그랬다. 모 중소기업의 회장이라는 그 환자는 의식을 잃기 직전까지도 의료진을 보는 눈에 못 미더워하는 빛이 가득했다. 물론 한평생 고집스럽게 살아온 노인에게 굳어진 괴팍스런 성격의 전형이라고 치부해버리면 그만이겠지만 그런 환자를 대할 때의 의사의 기분은 과히 유쾌할 수가 없었다. 게다가 환자 가족들의 태도도 현수로선 썩 마땅치 않았다. 환자가 중환자실에 입실하게 되면 대부분의 경우 가족들은 안절부절 못하며 의사가 귀찮아할 정도로 환자의 상태를 묻는 게 보통이었다. 그러나 그 환자 가족들은 이쪽이 오히려 서운할 정도로 환자에게 냉정했다. 물론 한두 마디 환자에 대해 묻지 않은 건 아니었으나 그때에도 그들의 태도엔 일체의 감정이 배제되어 있었다. 그렇다고 애써 슬픔을 자제하는 기색도 아니었다. 그렇듯 환자와 가족 모두에게 일말의 애정조차 느끼지 못하게 되면 현수 역시 무덤덤해지는 건 어쩔 수 없는 일이었다.

그러나 어쨌든 그는 의사였다. 따라서 최선을 다해 환자를 돌볼 의무가 있었다. 현수는 퇴근할 때까지 수시로 중환자실에 들러 환자를 살폈다. 의식을 잃은 채 트라큐스트미(穿空)를 하여 간신히 호흡만 이어가고 있는 환자는 현수가 보기에 다음날 새벽이나 오전쯤이 고비일 것 같았다. 물론 그 고비란 환자의 운명을 의미했다.

오후 7시가 조금 넘어서 당직인 동료 레지던트에게 환자에 관한 차트를 인계하고 일단 현수는 퇴근을 했다. 그러면서도 예상이 틀리지 않는다면 담당의사로서 내일 오전에 다시 나와야될지도 모른다는 생각을 했다.

그 예상은 제대로 맞아떨어져 이튿날인 일요일 오전 6시경 현수는 환자가 위독하다는 연락을 받았다. 아침을 드는 둥 마는 둥 서둘러 현수는 출근했다. 그러나 현수가 병원에 도착했을 땐 이미 환자는 운명한 뒤였고 사망에 따른 뒤처리가 진행되고 있었다. 웬만한 일이 아니면 일요일엔 잘 나오지 않는 내과 과장 김 박사의 모습도 보였다. 아마도 환자의 신분이 꽤 규모 있는 기업체의 회장이었고 또 환자와는 오랫동안 주치의였던 까닭에 연락을 받자마자 달려온 모양이었다.

환자의 사망시간은 오전 6시 20분으로 현수가 예측했던 것과 거의 일치했다. 그러나 그 때문에 왠지 현수는 석연찮은 느낌이었다. 그의 짧은 경험에 의한 거지만, 인간의 생명은 참으로 설명하기 어려운 구석이 있었다. 다시 말해, 인간의 생명작용엔 의학적 지식으로 파악이 가능한 물리적 기능 외에 또 하나의 기능이 추가되어야 했다. 그것은 환자의 정신력에서 기인한다고밖에 설명될 수 없는 것으로 의사로서도 명백히 그 본질을 규명하기는 힘들었다. 그렇지만 그 것은 분명히 존재했으며 의사가 예측하는 사망시간에 오차를 제공했다. 따라서, 환자의 사망시간을 예견하는 데엔 그 기능의 강도에 따라 어느 정도 오차가 수반되는 게 자연스러운 일이었고 자신의 판단이 정확하게 일치할 때 오히려 의사는 섬뜩한 기분이 되는 것이었다.

그러나 그 환자의 사망에 대한 그런 석연찮음은 한순간의 느낌이었고 현수는 곧 그 상념에서 벗어났다. 말하자면 그 느낌은 환자의 사망시간이 자신의 예측과 너무 정확하게 일치하는 데서 비롯한 일시적인 감정에 불과했던 것이다.

현수는 자신이 담당의사였던 만큼 사망한 환자를 한차례 살펴보았다. 그러나 그것은, 지난밤부터 동료 레지던트가 내내 신경을 썼을 터이므로 다른 생각이 있어서가 아니었고 다만 의례적인 행위였을 뿐이었다.

사체의 얼굴은 약간 일그러진 표정으로 굳어 있었다. 그 표정으로 미루어 환자는 임종 직전까지 고통이 심했던 듯했다. 그렇지만 그것은 흔히 있는 일이었다. 그런데 문득 사체의 입술에 도는 푸른 기운이 시선을 끌었다. 비교적 흰 편이었던 환자의 얼굴색이 시간의 경과에 따라 약간 검푸르러지긴 했지만 입술 색도 그런 현상의 일종이라기엔 푸른빛이 너무 짙었다. 문득 엄습해오는 불길한 예감과 함께 현수는 거의 습관적으로 환자의 복부를 들췄다. 아니나 다를까, 환자의 복부엔 두어 군데 부종이 목격되었다. 부종은 폐 부근에서 아래쪽으로 처져 있었다. 현수는 잠시 거칠어지는 호흡을 가다듬었다.

그러나 사체가 영안실로 옮겨져 입관되는 동안에도 현수는 아무런 말을 할 수가 없었다. 그런 말은 쉽사리 입 밖으로 낼 수 있는 성질의 것이 아니었다.

일요일이라 평일에 비해 비교적 병원 안은 한산했다. 환자가 누워 있던 빈 침대는 새로 갈아놓은 시트로 깨끗했고 죽음의 흔적은 어디에서도 찾을 수가 없었다. 다만 이례적으로 김 박사와 함께 한번 들러본 영안실의 북적거리던 기억만이 현수에게 남았다. 환자가 기업체의 회장이었던 만큼 사망 직후부터 문상객들이 줄을 이었다. 하지만 영안실에서 나온 김 박사가 귀가할 때까지도 현수는 그로부터 별다른 기색을 감지하지 못했다.

그도 무심코 그냥 지나쳤던 걸까.

상시로 환자의 사망을 접하는 의사로선 타인의 죽음에 대해 그다지 세심할 수 없다는 게 나무랄 일만은 아니었다. 더욱이 그 환자의 경우 사망은 기정사실로 다만 시간문제였다. 따라서 사체에 대해 다소 건성으로 지나칠 수 있는 소지는 여러모로 충분했다.

가족들에게서도 특별히 미심쩍어하는 눈치는 전혀 보이지 않았다. 하긴 의사가 발견하지 못한 그런 미세한 사실을 가족들로선 거의 알 수 없는데다가 환자의 사망이 이미 예정되다시피 했던 만큼 진작부터 신경은 온통 장례절차 쪽으로 가 있었는지도 몰랐다.

　그러므로 문제는 환자를 가장 가까이서 지켜본 현수 자신이었다. 자신의 판단이 객관적으로는 그 누구의 것보다 설득력이 있었다. 그런데 확신이 서는 건 아니면서도 가장 설득력이 강한 자신의 판단은 의혹이 있다는 쪽으로 기우는 것이었다.

　김 박사가 돌아가고 동료 레지던트인 닥터 최마저 퇴근 준비를 하는데도 현수는 마음의 갈피를 잡지 못했다. 닥터 최에게 자신의 의견을 말해볼까 하는 생각도 없지 않았으나 막 환자가 사망한 뒤끝이라 시기가 적절치 못했다. 가령, 실제로 그 환자에 대해 아무런 인위적인 작용이 개입되지 않았다면 자신의 의문은 공연히 닥터 최의 마음만 불안하게 하는 것일 뿐이었다.

　그렇게 일요일이 지나갔다. 그리고 이번 주부터는 이틀 근무만 하게 된 것이었다. 그러나 집에서 시험

공부를 하는 동안 가끔씩 그 환자에 대한 기억이 떠오르고 그럴 때면 극도로 머릿속이 혼란스러워졌다. 자신이 가지고 있는 의혹이 사실인지 아닌지 하는 문제를 떠나서, 병원의 구조상 그런 일은 불가능했다. 아울러 상식적으로도 죽어가는 사람에게 일부러 위해를 가한다는 것은 있을 수 없는 일이었다.

중환자실은 하나뿐인 출입구를 통해 스테이션을 거쳐야만 들어갈 수 있었다. 그리고 복도를 연한 뒷면을 제외한 스테이션의 삼면은 유리벽으로, 항상 세 명의 간호사가 근무하면서 입원실을 들여다보게 되어 있었다. 게다가 환자가 있는 침대마다 늘 인턴 한 명이 대기하는 형편이었다. 따라서 외부인이 당직자 몰래 중환자실로 들어가서 환자에게 접근할 수 있는 소지는 전혀 없었다. 그렇다면, 자신의 환자의 사망에 대한 의혹을 사실로 가정할 때 추측이 가능한 범위는 내부인뿐이었다.

그러나 그런 추측은 병원의 운용체제를 웬만큼 알고 있는 사람으로선 할만한 게 못 되었다. 내부인이래야 스테이션에서 근무하는 세 명의 간호사와 환자를 지키는 인턴뿐인데 그들에게 혐의를 둔다는 것은 참으로 무모한 발상이 아닐 수 없었다. 그들이 환자에게 개인감정을 가졌을 리 만무할 뿐더러 설령 세 명의 간호사와 인턴 중 누군가가 어떤 의도를 품었다고 해도 하필이면 그 환자가 입원한 특정기간에 당직근무를 했다는 건 자연스럽지 못했다. 중환자실의 당직근무는 오래 전에 짜여진 일정의 순번에 의해 이행되는 것이었다. 다시 말해 간호사의 경우 고정적으로 중환자실에 배치되어 삼교대로 일주일씩 야간근무를 했지만 인턴은 열한 개의 병과를 돌아가며 매일 밤 교체되는 실정이었다. 따라서 환자가 입원해 있는 동안 자의적으로 당직근무를 할 수 있는 형편은 아닌데도 순번을 바꾸어서 근무했을 수는 있었다. 그러나 그것은 특별한 경우로 나중에 확인해볼 필요는 있으되 일반적인 상황을 검토하는 과정에서부터 미리 고려할 일은 못 되었다.

그러므로 내부인의 소행이라는 쪽에서의 검토는 처음부터 무리가 많았다. 더욱이 스테이션 안의 환자 검시기가 모든 환자들의 상태를 계속 탐지하고 있었으므로, 세 명의 간호사와 인턴 중 일개인이 일방적인 행동을 할 수는 전혀 없었다. 결국, 내부인의 소행으로 간주하자면 중환자실에서 근무하는 네 명 모두의 의도가 하나로 일치하는 경우뿐인데 그것은 이론에 불과하지 현실적으로는 가능성이 전무한 일이었다.

"그럼 혹시 그 환자가 입원했던 기간에 중환자실 당직 순번 바꿔서 근무한 사람이 있는지는 알아봤어?"

현수의 긴 설명을 들으며 뭔가 깊은 생각을 하는 표정이던 정흠이 조용히 입을 열었다.

"아뇨, 아직……"

"왜, 빨리 알아보잖구? 일차적인 상황검토가 끝나면 그게 젤 먼저 할 일일 텐데?"

"물론 그렇긴 합니다만……"

"혹시 주저하고 있는 거 아냐?"

평소와 달리 현수를 바라보는 정흠의 눈빛은 날카로웠다.

"실은 그런 점도 전혀 없진 않습니다만……"

"하긴 막상 확인하기가 두렵기도 하겠지……"

"그보다 제가 가지고 있는 의혹이 아직은 개인적인 것에 지나지 않는데 그걸 기정사실인 양해서 다른 걸 조사한다는 게 왠지 선뜻 내키지 않아서요. 일의 순서도 아닌 것 같구요."

"그도 그렇군. 그렇다면 그 의혹이 사실이냐 아니냐 하는 문제부터 짚어봐야 하는데 그걸 어떻게 하지?"

"객관적으로 증명할 방법은 전혀 없죠."

현수가 조금 맥 빠진 얼굴로 대답했다.

"거 참, 의사가 방법이 없다니 나로선 속수무책이군. 혹시 동료 레지던트라는 닥터 최의 의견을 물어볼 수는 없을까? 만약 그 사람도 약간 이상한 느낌을 받았다면 현수의 의혹은 훨씬 신빙성을 얻게 되는 셈인데……"

"예, 저도 그 생각을 하지 않은 건 아닙니다만 이런 일은 성격상 미묘한 게 돼놔서…… 사실, 당직 순번 확인하는 거야 간단한 일이죠. 마음만 먹으면 언제라도 할 수 있으니까요. 하지만 이 일에 닥터 최를 개입시키는 건 심사숙고를 해야 합니다."

"그럼 이렇게 하지. 일의 순서가 아닌지는 몰라도 닥터 최의 의견을 물어보는 일은 상황이 진행되는 것 봐가면서 기회를 잡도록 하고 우선 그동안 당직근무가 순번대로 실시되었는지 그것부터 점검해봐. 어쨌건 지금으로선 쉬운 일부터 해야지 않겠어? 당장 할 수 있는 일도 그것밖에 없고."

"그러죠. 하지만 보나마나 부질없는 일일 겁니다."

"아냐. 그렇지 않아."

의외로 정흠의 태도는 단호했다.

"그럼 형님은 내부인의 소행으로 생각하신단 말입니까?"

"대체적으로는……"

"잘못 생각하시는 거 아닙니까? 말씀드린 대로 병원의 구조상 그런 일은 절대로 불가능합니다."

"아냐. 뭔가 지금 우리가 미처 파악하지 못한 허점이 있을 거야. 현수 말처럼 병원의 운용 시스템을 모르는 사람을 절대로 그런 일을 할 수가 없어. 그렇다면 가능한 건 결국 내부인뿐이야. 아니면 적어도 내부인과 어떤 식으로든 관련이 있는 사람이거나……그러니 먼저 당직건부터 확인해봐."

"그러나 당직근무에서 이상이 발견되지 않는다면 그 다음엔 어떻게 하죠?"

"그건 그때 가서 다시 생각해보도록 하지."

정흠의 확고한 표정으로 미루어 뭔가 맥이 짚이는 게 있는 모양이었다. 그러나 현수는 스스로도 다소 불충분하게 느껴지는 자신의 설명으로 정흠이 의혹의 방향을 굳힌다는 게 왠지 성급하게 생각되었다. 그렇지만 일단은 정흠의 말대로 당직근무 이행상황부터 점검해볼 도리밖에 없었다.

3

그러나 예상했던 대로 당직근무상황엔 특별히 이상한 점이 드러나지 않았다. 환자가 입실했던 이 달 첫 주는 물론이고 지난 달 중순부터 월말 사이에도 중환자실의 당직은 간호사와 인턴이 모두 이미 짜여진 순번대로 근무했을 뿐 일정이 변경된 흔적은 전혀 없었다. 따라서 정흠이 의도했던 것처럼 당직근무자에게 혐의를 걸어본다는 건 처음부터 무망한 일이었다.

월요일에 출근했던 현수는 퇴근하자마자 정흠에게 전화를 걸었다.

"형님, 역시 당직근무엔 아무런 이상이 없었습니다."

"그래? ……역시 그럴 테지."

현수가 생각했던 것보다 정흠의 반응은 한참 담담했다. 비록 수화기 속이지만 실망의 빛 같은 것은 전혀 느껴지지 않았다.

"아니, 형님. 그럼 형님은 처음부터 이상이 없을 거라고 짐작하셨단 말입니까?"

"바보가 아닌 다음에야 그렇게 눈치 없이 하진 않았겠지."

"그렇다면 저보곤 왜 그걸 점검해보라고 하셨습니까?"

"글쎄, 천려일실을 우려하는 마음이랄까…… 어쨌건 그건 가장 기본적인 사항이니까. 그리고 다소 필요 없다고 생각되더라도 이런 일일수록 모든 가능성은 빠짐없이 체크하는 게 좋아."

"그럼 이제 어떡해야 합니까?"

"그날 당직했던 인턴과 간호사들의 눈치는 어때?"

"보통 때와 별로 다르지 않던데요?"

그렇잖아도 현수는 환자가 사망한 날 당직했던 인턴과 세 명의 간호사를 유심히 지켜보았다. 그러나 그날 당직했던 인턴 닥터 김이나 간호사 미스 윤, 미스 정, 미스 박 모두가 한결같이 평소와 다름없는 얼굴들이었다. 하긴 잠시 쉴 사이 없이 바쁘게 돌아가는 병원생리에 기계적으로 움직이다 보면 설령 어떤 심각한 일이 있더라도 그것에 대해 심사숙고할 여유

128

가 그들에겐 없을지도 몰랐다. 따라서 그런 그들로부터 심상찮은 기미를 간파한다는 것이 결코 쉬운 일은 아니었다.

"그렇다면 결국 닥터 최의 의견을 물어보는 수밖에 없군."

"닥터 최요?"

"그래, 그것도 실은 기본적인 일에 불과해, 현수의 의혹이 틀림없다면. 어때, 물어볼 수 있겠어?"

"글쎄요……"

"그렇게 망설이면 아무 일도 못해. 막연히 의혹이 있다는 가설만 가지곤 곤란해. 어쨌건 현수의 의혹을 사실로 증명하는 데서 이번 일은 시작되는 거니까. 그런 후에야 뭘 조사해도 할 수 있잖겠어?"

"그렇긴 합니다만……"

"그러니까 힘들더라도 한번 물어봐. 어차피 현수가 그 의혹을 그냥 넘겨버릴 양이 아니라면."

"……그러죠."

썩 내키는 기분이 아닌 채로 현수는 어정쩡하게 대답했다.

"그래. 일단 미심쩍다고 생각되는 부분부터 하나

하나 제거해나가는 게 젤 좋은 방법이야. 나는 나대로 알아볼 테니까."

"그나저나 형님 관심이 보통 수준을 넘는 것 같은데요? 저로선 다소 의외란 느낌입니다."

"허, 그렇게 보이나?"

"그렇습니다."

"어쩜 그럴지도 모르지. 하지만 죽어가는 사람을 일부러 가해했다는 건 보통일이 아니야. 아마 현수에게도 이런 일은 흔치 않을 거야."

"예, 실은 저도 처음입니다."

"그래, 바로 그거야. 일반적인 상식으론 도저히 있을 수 없는 일이기에 관심이 가는 거야. 이 일엔 뭔가 우리가 무심코 지나쳐버린 커다란 의미가 숨어 있을 것 같거든. 그 점이 나를 자꾸 집착하게 해."

"글쎄요……"

"아무튼 빠른 시일 내에 닥터 최에게 확인해봐."

"알겠습니다."

그러나 정흠에게 그렇게 대답을 해놓고서도 현수가 닥터 최를 만난 건 주말에 가서였다. 현수와 마찬가지로 닥터 최 역시 시험 준비관계로 주 이틀 근무였고 근무요일이 서로 달라 병원에서 만날 기회가 없었던 것이다. 따라서 적당한 핑계를 대고 따로 시간을 잡아야 했다. 물론 그 전에 환자 사망 당일 근무했던 인턴이나 간호사들에게도 의견을 구할 수는 있었다. 그러나 사실이 아닐 가망성이 전혀 없지도 않을 일을 여러 사람에게 드러내어 문제를 일으키며 시끄럽게 하기가 싫었고 또 환자에 대해 그들이 파악할 수 있는 정도의 것이라면 닥터 최 역시 충분히 가능하리라 판단되어 필요 이상으로 자신의 의혹을 노출시키는 행동은 되도록 삼가고 싶었다.

토요일 오후 뚝섬 유람선 선착장 레스토랑에서 현수는 닥터 최를 만났다.

"힘든 모양이네?"

"뭐, 별로."

병원에서 볼 때와는 또 달리 닥터 최의 흰 얼굴을 기름기 없이 꺼칠했다. 아마도 지난밤 늦게까지 책상 앞에 붙어 앉아 있었거나 아니면 고박 밤을 샜으리라. 그러나 닥터 최가 보기에 현수 자신의 얼굴도 그다지 나은 형편은 아닐 터였다.

"모처럼 이렇게 나와 보니 좋군."

가벼운 점퍼 차림의 닥터 최가 유리벽 밖으로 눈길을 주며 중얼거렸다. 유리벽 밖으론 늦가을의 한강이 그 표면에서 잘게 부서진 오후의 쇠잔한 햇살을 번득이며 일렁거리고 있었다.

"여기만 와도 가을이 제대로 실감나지?"

"그러게. 이 좋은 가을을 두고 방구석에만 처박혀 있어야 하는 신세라니."

　닥터 최가 다소 과장되어 보이는 한숨을 내쉬었다.

　시험 준비가 얼마간 고통스럽다고 해도 그에게 그것은 못 견딜 정도는 아니리라 현수는 생각했다. 닥터 최는 부친 역시 내과의로 조그마한 개인종합병원을 운영하고 있고 그 또한 언젠가 그곳에서 근무하게 될 터였다. 말하자면 그는 어려서부터 유복한 환경에서 자라왔고 미래조차 전혀 불투명하지 않은 사람이었다. 그래서인지 평소 그는 다른 사람들보다 훨씬 낙천적이었고 늘 여유가 있는 편이었다. 그러므로, 비록 지금은 잠시 시험 준비에 정신적으로 피곤할지라도 그의 한숨엔 다분히 엄살기가 섞여 있다는 편이 옳았다.

　레스토랑 안은 몹시 붐볐다. 주말이라 가족 단위로

놀러 온 사람들로 빈 테이블이 거의 없을 지경이었다. 테이블마다 꼬마들이 앉아 있고 그 주변으로 소리를 지르며 뛰어 다니는 아이들도 보였다. 이십여 년의 세월이 흐르기도 했지만 현수의 유년기와는 비교할 수도 없이 단란한 정경들이었다.

강변 쪽을 바라보던 닥터 최가 시선을 돌렸다.

"그나저나 웬일이야? 공부밖에 모르는 모범생께서 이런 델 다 나오라고 그러고?"

"나도 좀 쉬어야지."

"역시 모범생께서도 힘드신 모양이군. 그러나 강형 같은 모범생이 힘들면 나 같은 돌팔이는 대책이 없는데……"

"모범생은 무슨……"

현수가 소리 없이 웃었다.

"그런데 고민이 있어 보여."

"고민?"

"얼굴이 안 좋은데?"

"수면 부족 때문이겠지."

"아냐. 그런 게 아니고 뭔가 다른 심각한 일이 있는 것 같아. 왜 그래? 무슨 문제가 있어?"

닥터 최가 정색을 하고 물었다. 현수는 닥터 최 쪽에서 먼저 말을 꺼내 분위기를 만들어주어 잘 됐다 싶었다.

"꼭 문제라기보다 좀 개운찮은 일이 있어서……"

"그래? 어떤 건데?"

"글쎄, 잘못 말하면 내 빈약한 실력만 들통 나는 일인데……"

"그러니까 더 궁금하군. 말해봐."

"두 주일 전 일요일 중환자실에서 사망한 환자 있지? 건축자재 회사 회장이라는 노인 말이야."

"응, 그래. 있었지. 그런데 그 노인이 왜?"

"내가 잘못 본 건지도 모르지만 사망 당시 조금 이상한 것 같았어."

"이상하다니? 어떤 점이?"

일순 닥터 최의 얼굴이 긴장되었다.

"아니, 그렇게 심각하게 받아들일 일은 아니구. 그래서 다른 사람에겐 얘길 안 하려고 했던 건데…… 다만 내가 보기에, 사체의 상태에 좀 미심쩍은 점이 있었던 것 같아서…… 그러나 모르지. 내가 착각하고 있는 건지도……"

"아냐. 좀더 구체적으로 얘기해봐. 미심쩍다는 게 뭐지?"

여전히 굳은 얼굴로 닥터 최가 다그쳤다.

"그럼 혹시 사체의 복부 쪽에 부종이 있는 거 못 봤어?"

"봤어."

"뭐라구?"

현수는 가슴이 철렁 내려앉는 기분으로 닥터 최를 바라보았다. 그러나 닥터 최는 아무런 표정의 변화를 보이지 않았다.

"실은 나도 좀 께름칙했어. 그렇지만 내 자의적으로 어떤 판단을 내릴 계제가 못 되어 어물쩍거리는 사이 그냥 넘어가버리고 말았던 거야. 내가 그 환자를 전담했던 게 아니고 그날 저녁 임시로 맡은 입장이라 줄곧 지켜보지 못했으니까 그 부종만 가지고 뭐라고 말하기가 힘들었어. 물론 그 전까지의 환자 차트 기록을 보긴 했지만……"

"차트 기록이야 최악이지. 죽음이 거의 임박한 상태였으니까."

"그래. 실은 나도 바로 그것 때문에 얼핏 부종을

보고도 크게 의문을 갖지 않았던 거야."

"누구든 그랬겠지. 차트에 기록된 환자의 상태가 그 정도라면 부종 따윈 사실 무의미한 거지. 그러나…… 환자의 사망이 기정사실이라는 차트 기록과 관계없이 그 부종이 환자의 병세에 따른 증상과 별개의 것이라는 사실은 인정해야 하지 않을까 싶은데, 최형 생각은 어때?"

"글쎄…"

무테안경을 치켜 올리고 닥터 최는 한참 콧잔등을 만지다가 나직하게 말을 이었다.

"나 역시 강형의 생각과 크게 다르지 않아."

"그렇다면 그 부종이 어떤 작용에 의해서든 간에 환자의 상태 악화를 더욱 가속화시킨 흔적이라는 사실도 부인하기 힘들게 되는데……"

"그야 당연히, 이론상으로는. 하지만 그런 추론은 좀 비현실적이지 않을까? 도대체 그런 일이 있을 수 있어?"

"물론 그렇게 생각될 수도 있겠지만…… 아무튼 부종이라는 별개의 증상만큼은 현실이야, 최형도 보았다시피."

"그럼, 이 사실을 어떻게 이해해야 되나?"

닥터 최가 어두운 얼굴이 되면서 혼잣말로 중얼거렸다.

"최 형이야 뭐 그렇게 심각하게 생각할 필요 있겠어? 마음이 쓰여도 내 쪽이지. 어쨌건 내가 맡았던 환자니까. 그나저나 나 혼자만의 막연하던 의혹이 최 형에 의해 막상 현실이 되니까 참 막막한 심정이군."

현수는 가급적 일부러 불러낸 닥터 최에게 심적 부담을 주지 않아야 한다고 생각했다.

"과장한테 얘기해봤어?"

"아니."

"과장은 못 느꼈을까, 이상한 낌새를?"

"그야 내가 알 수 있나."

"어쩜 느꼈더라도 그냥 넘어갈 수밖에 없었겠지…… 우리처럼. 그렇다고 환자의 결과가 달라지는 것도 아니니까 더더욱. 그러나 설령 그랬다 하더라도 과장을 비난할 순 없겠지. 이런 경우 선뜻 문제를 제기할 수 있는 사람이 어디 있겠어?"

닥터 최는 자기 나름대로 이야기의 방향을 잡아가고 있었다. 그러나 그 방향이 자기 자신을 위한 건지

앞에 앉은 동료를 위한 건지 얼른 가늠이 가지 않았
다. 하긴 경험 많은 과장이야 처음부터 어떤 확신이
있었는지 알 수 없지만 현수 자신과 마찬가지로 닥터
최로선 얼떨결에 지나치고 말았던 것이다. 그러므로
닥터 최 역시 미심쩍었던 부분을 현수를 통해 뒤늦게
확인하면서 모두를 위해 일정선의 책임 한계를 그어
두려는 것인지도 몰랐다.

"아마 어려운 일이겠지, 과장에게도."

"그래. 과정이야 어쨌든 실제로 결과가 달라진 건
없어. 또 설사 의문이 제기된다고 해도 장례까지 끝
난 이 시점에서 확인할 방도도 없구. 그러니 지금 우
리가 어쩌겠어? 그리고 냉정히 말해서 지금 문제점
을 제기하면 아무런 답도 얻지 못하면서 공연히 주위
만 시끄럽게 하는 게 돼. 따라서 공식적으로 이 문제
를 거론하긴 힘들 것 같아."

"나 역시 그 점엔 동감이야. 하지만 뒤끝이 영 써."

"물론 그럴 거야. 그러니까 정 기분이 그렇다면 개
인적으로 조사해보는 수밖에 없어."

"그래서 지금 이렇게 최형에게부터 확인해보고 있
는 거야. 내 의혹에 신빙성이 있는지 어떤지 하

고…… 그런데 막상 그 의혹이 현실로 확인되니까 앞으로 어떻게 해야 할지 막막한 느낌이군."

"그래, 어떻게 할 거야? 쉬운 일이 아닐 것 같은데, 혼자 조사한다는 게?"

"글쎄……"

"그리고 뒷일도 생각해둬야 돼."

"뒷일?"

"만약에 뭔가를 알아냈다고 해도 그걸 개인적인 차원에서 끝내지 않으면 그때도 시끄러워지긴 마찬가지거든."

"거기까진 아직 생각 안 해봤어. 우선은 진상을 밝혀내는 게 급선무니까. 그것도 가능할지 어떨지 모르겠지만. 그러나 최형도 의문을 가졌다시피 그 부종이 인위적인 작용에 의한 거라면 담당의사로서 그냥 지나칠 순 없어. 명색이 남의 병을 고치는 직업을 가진 사람으로서의 양심도 그렇고 더욱이 의사까지 능멸하며 어디선가 버젓이 숨 쉬고 있을 가해자를 생각하면 도저히 용납이 안 돼."

"그건 옳은 소리야. 밝힐 수 있는 데까진 밝혀봐야지. 그렇다고 너무 골머리를 썩히진 말구. 시험공부

에 지장이 없는 범위에서 차분히 한번 궁리해봐. 어
쨌든 나도 이 일에 얼마간 관련이 된 입장이니까 힘
닿는 한 도울게."

4

그러나 닥터 최를 통해 막상 자신이 갖고 있던 의
혹이 사실임을 입증하게 되자 현수는 오히려 답답한
심정이었다. 이제는 환자의 사망에 대한 의혹이 가정
이 아닌 현실이었던 것이다. 따라서 그 의혹을 가정
의 차원에서가 아니라 현실적으로 풀어나가야 했다.
그렇지만 어디서부터 손을 대야 할지 도무지 방향을
잡을 수가 없었다. 환자가 사망한 지 이미 보름이 지
났고 그새 인턴이나 간호사들의 그 환자에 대한 기억
은 거의 희미해졌을 터였다. 그러므로 공식적인 일이
아닌데다가 비밀이 요구되는 사항이라 장례까지 끝
난 시신을 부검한다는 건 생각조차 할 수 없을뿐더러
환자에 관계한 사람들로부터 의견을 구한다는 것마
저도 크게 기대되는 게 없었다.

얼마 남지 않은 가을은 계절의 끝을 향해 바쁘게

지나갔다. 이따금 병원 창가에서 내려다보는 한강은 핼쓱하고 강변의 가로수가 가지 끝에 걸린 가을이 몇 개의 이파리로 남아 바람에 파득거리고 있었다.

병원에 출근하는 이틀을 포함한 한 주일 내내 현수는 망설이는 마음으로 보냈다. 자신이 할 수 있는 방법이라곤 극히 초보적이지만 환자가 사망하던 날 근무한 사람들과 중환자실 담당간호사들 전원에 일일이 물어보는 것뿐이었다. 그렇지만 그게 유일한 방법이면서도 그들에게서 크게 기대될 게 없는 상황에서 공연히 일만 확대시킨다는 느낌이 앞섰다.

그렇게 오락가락하는 마음을 다스리지 못하는 동안 달이 바뀌고 십이월이 시작되었다. 그리고 십이월에 접어들면서 현수는 아예 병원에 출근하지 않게 되었다. 시험까지 한 달여 남은 시간을 병원측에서 그 준비에 전념하도록 허락해주었던 것이다. 시험이 임박했다는 사실을 피부로 느끼면서 현수는 계속 방에 틀어박혀 수험생을 압도해오는 원서더미를 헤쳐 나갔다. 한번 방 안에 틀어박히면 언제 해가 뜨고 지는지 그리고 도대체 일주일이 어떻게 지나가는지도 모르게 시간은 빨리 흘러갔다.

그러나 그러다보니 전혀 다른 데 신경 쓸 겨를이 나지 않거니와 실제로도 병원에 출근하지 않는 상태에서 그 환자의 죽음에 대한 의혹의 실마리를 찾는 일은 당분간 유보시킬 수밖에 없었다. 본의 아니지만 도리 없는 일이었다.

그동안 정흠에게서도 아무런 연락이 오지 않았다. 하긴 바쁘게 사는 그 역시 남의 일에 끝까지 심각하긴 어려울 터였다.

결국 현수로선 환자의 죽음에 대한 의혹이 어느 정도 사실로 인정되는 시점에서 조사를 중단해버린 셈이었다. 하지만 일시적이긴 하나 조사를 중단한 사실은 어쩌면 그 의혹에 대한 실마리를 영영 잃어버리는 계기가 될지도 모른다는 우려가 현수의 양심을 편치 않게 했다.

이따금 그 환자에 대한 기억이 떠오를 때면 마음이 개운치 않은 대로 연말이 가까워오고 있었다. 예년과 다름없이 바깥에선 세모의 분위기가 고조되고 있는 모양이었지만 현수는 강 건너 불 바라보듯 지나쳤다.

그러던 어느 날 닥터 최의 전화를 받았다. 서로 시험 준비의 진척상황에 대해 몇 마디 주고받던 끝에 닥터 최가 그 환자 얘기를 꺼냈다.

"아직도 그때 그 환자 때문에 골몰하는 건 아니겠지?"

"요즘은 시험 준비 때문에 정신이 없어서……"

"그렇겠지. 하지만 나중에라도 혹시 궁금해할까봐, 별 내용은 아니지만 내가 들은 걸 얘기해주지."

"어떤 건데?"

"그 환자, 즉 신우주식회사 박 회장이 재작년까지 우리 아버님과 가끔 골프를 쳤었다더군."

"그런데?"

"그런데 아버님 말씀으론 그 박 회장이 평소에도 늘 죽음을 의식하고 있었다는 얘기야."

"그래? 좀 더 자세히 얘기해봐."

"왜, 그 사람 몇 년 전에 췌장절제수술을 받았잖아? 그리고 그 후 계속 병원엘 다녔지. 그런데 수술 후 우리 대학병원에 다니면서도 아버님한테 수시로 자기 증상에 대해 문의를 했다는 거야. 그 정도는 정기검진 때에 우리 대학병원에서도 얼마든지 들을 수 있었을 텐데 말이야."

"그야 우리 대학병원이 미덥지 않기 때문일 수도

있겠지. 실제로 내가 보기에도 그런 생각을 가지고 있는 것 같더군.”

“그래. 골프 파트너인 아버님 병원이 못 미더워 대학병원에 다니면서 또 대학병원을 믿지 못하고 되려 아버님께 문의할 정도니 본래 남을 편하게 하는 사람은 못 되는 것 같아.”

“성격적으로 유별난 사람도 많으니까……”

“그래. 아버님 말씀으로도 그 박 회장 성미가 보통 까다로운 게 아니었던 모양이야. 이북 출신으로 성공한 사람답게 매사에 철저해서 남에게 조그만 폐조차 끼치지 않는 대신 다른 사람들의 얼렁뚱땅하거나 흐지부지하는 것도 결코 못 봐 넘겼다는군.”

“그 사람 이북 출신이야? 서류엔 그렇게 안 되어있었던 것 같은데?”

“그야 본적을 옮겼을 수도 있겠지.”

“그것 좀 이상한데?”

“뭐가?”

“그 나이의 사람들은 대개 본적을 옮기는 걸 그다지 달갑게 여기지 않거든. 특히, 내가 알기로 이북사람들의 경우 실향의식이 강해서 본적을 그대로 갖고 있는 게 대부분이란 말야."

"글쎄, 그것까지야……"

닥터 최는 현수의 의견에 동감하는 듯하면서도 말 끝을 흐렸다.

"또 다른 건?"

"없어. 그러니까 별거 아니라고 했잖아. 다만, 그 나이엔 다 비슷하겠지만 그 사람 평소 자기 건강에 지나치게 신경을 썼었다는 걸 알려주고 싶었을 뿐이야."

별 기대는 하지 않았지만 역시 닥터 최의 얘기는 알맹이가 없었다. 그러나 현수는 어렴풋이나마 뭔가 닥터 최가 말을 아끼고 있는 것 같은 느낌을 받았다. 겨우 그 정도의 이야기를 하기 위해 전화하진 않았을 테니까. 그렇지만 스스로 밝히지 않는 걸 더 캐물을 수는 없는 일이었다.

새해를 이삼 일 앞두고 현수는 안부인사 겸 정흠과 통화를 하면서 그동안 닥터 최와 나누었던 얘기들을 정리해서 들려주었다.

"거 봐. 닥터 최에게 확인해보길 잘했잖아."

"결과적으로는 그런 셈이죠."

"어쨌건 박 회장이란 사람이 이북 출신이라면서

호적을 갱신했다는 사실은 뜻밖이군."

"형님도 그렇게 생각됩니까?"

"그게 범상한 일은 아니잖나. 아무튼 앞으로도 새로운 사실이 알려지는 대로 즉시 연락해줘. 그렇다고 시험공부 하는 처지에 너무 그쪽에 신경 빼앗기지는 말구."

"그러죠. 그나저나 아무래도 형님 관심이 보통은 넘습니다."

"그렇게 뵈나? 하지만 한때 나도 비록 대학신문이지만 기자 흉내 내면서 사회 구석구석을 취재했던 사람 아닌가. 그러니 그때의 호기심과 취재벽이 습관처럼 돼버렸다고나 할까. 그렇게 이해해줘."

"원 형님두. 제가 이해해주고 말고 할 게 어딨습니까."

정흠의 너털웃음에 현수도 따라 웃으며 대답했다.

해가 바뀌고 새해 열흘째 되는 날로부터 삼 일간 시험이 있었다.

그동안 충분하다고 생각되진 않지만 나름대로 웬만큼 준비를 했던 터라 현수는 담담하게 시험을 치렀다. 닥터 최도 별로 어두운 표정은 아니었다.

마지막 날 시험을 마친 후 식사라도 할 겸 현수는

닥터 최와 시험장 정문 앞 음식점에서 자리를 함께 했다.

"어때, 느낌이?"

"최선을 다하진 못했지만 결과는 하늘에 맡겨야지."

현수의 미지근한 대답에 닥터 최가 웃음을 터뜨렸다.

"채점은 하늘이 하는 게 아니라 채점관 소관인데?"

"지금 우리에겐 채점관이 하늘 아니겠어?"

"거, 모범생 대답으론 너무 나약한데…… 나 같은 돌팔이면 몰라도."

시험을 잘 봤다고 생각되어서인지 아니면 단순히 지겨운 시험 준비에서 해방된 탓인지 닥터 최는 평소보다 한층 더 쾌활했다.

현수는 이제나저제나 하고 닥터 최의 입에서 다른 이야기가 나오기를 기다렸다. 그가 뭔가 이야기를 할 양이라면 지금이 적기였다.

"참, 접때 깜빡 잊고 말을 못했던 건데 그 박 회장 말이야."

기대했던 대로 식사하는 도중에 닥터 최가 화제를 돌렸다.

"박 회장? 왜 그 사람에 대한 다른 얘기가 있어?"

"그 박 회장이 아버님한테 한 번 지나가는 말로 병원에서 의사도 모르는 불의의 사고로 환자가 숨지는 경우도 있느냐고 물었다는 거야."

"그래?"

"물론 그 정도야 누구나 한번쯤 가져볼만한 의문일 수도 있겠지만 공교롭게도 박 회장 사망이 그런 식으로 되고 보니 그냥 넘기기에 그 말이 영 껄끄러운 기분이야."

"글쎄……"

"우연이라기엔 결과가 묘하잖아?"

"그렇다면 그 박 회장이 뭔가 예감하고 있었다는 얘긴데…… 아니면 어떤 사태를 우려하고 있었거나……"

"바로 그거야. 그 사람 자기에게 닥칠 위해의 가능성과 성격을 염두에 두고 있었다는 뜻이야."

사실이 그러하다면 사태는 처음 현수가 우려했던 최악의 방향으로 하나씩 하나씩 일치되는 셈이었다.

"그럼, 지금부터라도 조사를 해봐야 하는데…… 가능한 일일지……"

"그래서 내 나름대로 생각해봤는데……"

"시험공부는 안하고?"

처음 얘기했을 때 덤덤하던 것과는 달리 닥터 최의 태도는 뜻밖에 적극적이었다.

"그냥 넘어갈 수도 있는 문제지만 내 경력에 스스로 작은 오점이나마 남기기 싫어서 그래."

"오점이 된다면 그건 내 쪽이겠지."

"그야 어쨌든. 아무튼 들어봐. 박 회장 일은 병원과 전혀 상관없는 제 삼자가 아니라면 누군가 병원의 생리를 잘 아는 사람의 짓이라고 봐야 해. 그러나 이런 상황에서 가령, 인턴이나 간호사 같은 담당직원을 의심한다는 건 여러모로 적절한 일이 아니야. 그렇다면 누가 남지? 담당직원이 아닌 사람 중에서 중환자실 출입이 가능한 사람 말이야."

"그게 누굴까?"

"그게 누구겠어? 잘 한번 생각해봐. 중환자실을 수시로 출입할 수 있는 사람이 누군지?"

"……글쎄."

"오다리 아저씨!"

"오다리 아저씨?"

"그래. 그 사람들 말고는 없어."

오다리(Ordery) 아저씨란 각 병실과 수술실 등을 돌며 링거병, 피고름 묻은 거즈, 일회용 장갑과 주사기 등을 비롯한 환자의 치료과정에서 나오는 모든 의료품 쓰레기를 수거 처리하는 일종의 잡역부로 의사들은 그들을 통상 그렇게 불렀다.

"그렇군. 그 사람들이라면 중환자실도 무상출입할 수 있겠군."

"그 외의 사람은 도저히 생각해볼 여지가 없어."

"그러나…… 그렇다면 이건 정말 사건이 되는데……"

"이미 사건으로 시작되었어. 아니, 일차적으로는 벌써 끝난 거야. 그 자초지종을 밝히는 뒤처리만 남았을 뿐."

"자초지종이라…… 그나저나 정말 오다리 아저씨들 중 누군가의 소행일까?"

"틀림없어. 병원의 구조상 제삼자의 개입은 불가능해."

"어떻게 그런 확신을 하지?"

"단서를 잡았거든."

"뭐라구, 단서를?"

현수는 깜짝 놀라 되물었다. 그러나 닥터 최는 여유 있는 얼굴로 한차례 가벼운 웃음만 흘려보냈다.

"자세히 좀 얘기해봐. 단서라니, 정말 단서를 잡았단 말이야?"

"그럼."

닥터 최는 수저를 놓고 엽차를 한 모금 마신 후 다시 한 번 가볍게 웃어 보였다.

"일전에 강형의 얘기를 들은 후 곰곰이 생각해봤지. 우리가 얘기했던 대로 중환자실의 인턴이나 간호사를 제외한다면 환자에게 수시로 접근할 수 있는 사람이 누구일까 하고. 그럴 때 가능한 사람은 하나밖에 없었어."

"그게 오다리 아저씨였단 말이지?"

"그래. 그래서 그쪽을 우선 조사해봤어."

"어떤 식으로 조사했는데?"

"일차적으로 우리 층의 안면이 있는 오다리 아저씨한테 박 회장이 입원했던 십일월 초를 전후해서 새로 들어오거나 그만둔 사람이 있는가 하는 것부터 알아봤지."

"그런데?"

"그런 사람이 없었어, 중환자실이 있는 오층 담당 중에는."

"그렇다면……?"

"그래서 아예 총무과에 가서 다른 층을 담당하는 사람들 모두를 조사해봤어. 그랬더니……"

"그랬더니?"

"다행히도 그 기간 중에 그만둔 사람이 두 명 있었어."

"그래……?"

"그런데 그들 중 한 사람에게 심증이 가는 거야."

"그게 정말이야?"

"내 판단으론 뭔가 수상쩍은 데가 있는 것 같았어."

닥터 최는 상당히 확신에 찬 표정이었다. 현수는 자신도 모르게 긴장이 되었다.

"구체적으로 어떤 점에서……?"

"가만, 여기서 이럴 게 아니라 어디 다방에 가서 차라도 마시면서 얘기해."

현수와 닥터 최는 음식점을 나와 길 건너편 다방으로 자리를 옮겼다.

온풍기를 틀어놓았는데도 손님이 적어서인지 다

방 안은 다소 썰렁한 느낌이었다. 출입구에서 조금 떨어진 곳에 자리를 잡고 커피를 시킨 후 닥터 최가 이야기를 계속했다.

"내가 왜 그 두 사람 중의 한 사람을 이상하게 생각하게 됐느냐 하면…… 그보다 우선 나머지 한 사람은 별로 의심할 여지가 없는 사람이야. 내가 그 문제로 문의한 게 총무과의 성 계장이 일러준 관리반장 남씨란 사람인데 바로 그 남씨의 먼 친척이었거든. 말하자면 신원이 확실하단 얘기지. 그리고 그만두게 된 것도 구체적인 이유가 있었어. 오래 전에 분양받았던 조그만 가게를 남에게 세 주고 있었는데 기한이 되면 병원일 그만두고 직접 운영을 할 예정이었다더군. 그러니까 전혀 이상한 구석이 없는 거지. 하지만 처음 말한 사람은 박 회장이 죽은 그 다음날 예고도 없이 그만두었다는 거야."

"공교로운 일이긴 하지만 그 사실만 가지고 심증이 간다고 할 수 있을까?"

"당연히 그렇겠지. 그러나 공교로운 일은 그것만이 아냐. 주위 사람들의 얘기론 그 사람이 그런 일을 할 사람 같지 않았다는 거야. 주위의 누구와도 친하게 지내지 않아 그 사람에 대해 자세히 아는 사람은 없지만 겉보기로는 평소 상당히 사념적인 데가 있더라는 얘기였어."

"근무는 언제부터 했었대?"

"일 년 가량 근무했다더군."

"그렇다면 별로 의심할 수 없겠는데? 박 회장이 언제 입원할 줄 알고……"

그러자 닥터 최가 고개를 가로저었다.

"아냐. 그렇긴 해도 보다 중요한 건 그 사람이 박 회장이 사망하던 전날 밤에 근무했었다는 사실이야. 그 사람은 그날 낮 근무였는데도 다른 동료 대신 밤에까지 근무한 사실을 확인했어."

"그게 정말이야?"

"물론."

"도대체 최형은 그 사실을 언제 알게 된 거야? 그동안 병원에 나가지도 않았으면서?"

"실은 우리가 이 문제로 뚝섬 선착장에서 처음 만난 후 곧장 알아본 거야. 그러니까 달포 가량 지난 얘기지."

"아니, 그럼 그동안 그걸 알고도 내겐 모른 척했다

는 거야?"

"모른 척했다기보다는 얘기할 기회가 없었던 거지. 그 후로 우리 모두 병원에 나가지 않게 되고, 또 전화로 얘기하기도 뭣하구 해서……"

현수는 조금 어처구니없는 심정이었다. 그러나 닥터 최는 약간 장난스런 얼굴이었다.

"하지만 나로선 그 정도 가지곤 확신이 서질 않는군. 박 회장이 입원하기 이미 일 년 전에 그 사람은 근무하고 있었고 그날 야근을 했다는 것도 다른 동료의 사정 때문이었다면……"

"그게 아니라 그 전날 그 사람이 퇴근하면서 교대하는 동료에게 내일 아침 조금 늦을 것 같으니 그때까지만 근무해달라고 했대. 그러면 대신 밤 근무를 해주겠다면서. 그러니까 그 사람이 밤 근무를 한 건 오히려 자의에 의한 것이라 할 수 있지."

"그렇다면 그 사람은 다음날인 토요일 밤이 박 회장의 고비란 사실을 알았다는 뜻이 되는데……?"

"그 정도야 의사나 환자 가족들의 분위기를 살피면 쉽게 짐작이 되는 거지. 병원에서 하루이틀 근무한 게 아닌데 그 정도도 눈치 못 채겠어?"

"하긴……"

사실 병원에 오래 근무하다보면 직접 환자를 다루는 의사가 아니라 하더라도 의사와 간호사들의 돌아가는 분위기나 환자 가족들의 눈치로 미루어 환자의 상태를 짐작하기는 그리 어려운 일이 아니었다. 병원 직원들 중엔 심지어 입실하는 환자에 대한 간략한 설명 정도만 듣고도 입원기간과 입원비 등을 거의 정확하게 산출해내는 사람들이 적지 않은 형편이었다.

"그러나 박 회장이 죽은 다음날 그만둔 사실은 미심쩍지만 일 년 전부터 근무했다는 건 어떻게 생각해야 하지?"

"글쎄, 나 역시 그 대목은 설명하기 힘들어. 하지만 전체적으로 볼 때 이상한 구석이 있는 건 틀림없어. 그러나 지금으로선 내가 그 사람을 미심쩍게 생각하긴 해도 전적으로 혐의를 두고 있다는 뜻은 아냐. 단지 하나의 가능성으로 생각하고 있는 거지. 그렇지만 그 가능성이란 것도 시간이 지나기 전에 확보해놓는 게 좋으리라 싶어서 관리반장 남씨에게 물어봤던 거야. 아무튼 다음 주에 다시 출근하게 되면 정말 그 사람이 수상한 인물인지 아닌지 좀더 소상하게 조사해볼 수 있지 않겠어?"

"글쎄……"

현수는 뭐라고 말하기 어려웠다. 박 회장의 몸에서 보았던 부종이 닥터 최가 심중에 두고 있는 사람의 소행이라면 진상은 생각보다 너무 쉽게 드러나는 셈이었다. 그 점이 현수는 조금 이상했다. 닥터 최가 그 사람에게 혐의를 두게 된 시초는 그가 병원을 그만두었기 때문이었다. 만약 그 사람이 자신의 행위를 은폐하려 했다면 차라리 병원 일을 계속하는 편이 나았을지도 몰랐다. 물론 그랬더라도 박 회장이 죽기 전날 밤 근무했던 사람들을 조사하는 과정에서 그가 용의선상에서 떠오를 수도 있었겠지만 닥터 최가 그를 지목한 것처럼 그렇게 쉽사리 드러나진 않았을 것이다. 그리고 설사 혐의를 받더라도 별다른 증거가 없는 만큼 결백을 주장하면 어쩔 도리가 없을 터였다. 그렇다면 닥터 최가 갖고 있는 심증이 사실이라고 할 때, 박 회장이 죽자 그 사람이 곧바로 병원을 그만둔 건 어쩜 잠적하기 위해서는 아니었을까. 그리고 지금쯤 벌써 잠적한 것은 아닐까. 알 수 없는 일이었다.

그날은 그 정도로 얘기를 끝내고 현수는 닥터 최와 헤어졌다. 다음 주부터는 다시 병원에 출근해야 했다.

그런데 다시 월요일 점심시간에 맞춰 닥터 최가 현수를 불렀다. 둘은 구내식당으로 내려가 점심을 들었다. 식사 도중에 닥터 최가 박 회장에 대한 얘기를 꺼냈다.

"이봐, 강형. 접때 그 박 회장 말이야. 내가 아버님께 여쭤봤는데 그 사람 조금 복잡한 문제가 있었던 것 같아."

"복잡한 문제라니?"

"그 사람이 본시 자기 얘길 잘 하는 사람은 아니었지만 소문에 의하면 누구에겐가 한번 호되게 당했다는 거야."

"호되게 당하다니, 어떤 식으로?"

"그 사람 회사 빌딩이 을지로에 있는데 회장실이 어떤 사람에 의해 한번 난리가 났었다더군. 그런데 놀랍게도 난동의 장본인이 바로 그 회사 경비원 중의 한 사람이었다는 거야. 경비원 한 사람이 회장실로 쳐들어가 한바탕 뒤엎었다는 거지."

"뭐라구!"

닥터 최의 얘긴 너무 뜻밖이고 엉뚱했다.

"그렇지? 좀 이상한 얘기지? 일개 경비원이 회장에게 그런 짓을 저질렀다는 건? 그건 두 사람 사이에 뭔가 심상찮은 일이 개재되어 있다는 뜻 아니겠어?"

현수는 고개를 끄덕였다. 그의 생각으로도 그건 좀처럼 있을 수 있는 일이 아니었다.

"그게 언제 일인데?"

"언젠지는 확실치 않지만 몇 년 전에 그런 소문이 잠시 골프 회원들 사이에서 나돌았대."

"그래서 그 경비원은?"

"그야 보나마나 잘렸겠지."

"거 참. 왜 그랬을까, 그 경비원이⋯⋯"

"이건 내 추측인데 혹시 그 경비원이 그만둔 오다리 아저씨가 아닐까 싶어."

"글쎄⋯⋯ 그럴 가능성이 전혀 없는 것은 아니겠지만 좀 비약이 심하군."

"물론 박 회장이 사업을 하는 사람이었던 만큼 어떤 식으로든 여기저기 개인적인 원한관계를 맺을 수도 있었겠지. 하지만 왠지 나는 그런 생각이 들어. 왜, 전에 박 회장이 우리 아버님께 병원에서 의사 모르게 사고당하는 경우도 있느냐고 물었다잖아?"

"그랬었댔지."

"그래서 얘긴데, 그 경비원과 우리 병원의 오다리 아저씬 전혀 별개의 인물일 수도 있겠지만 동일인물로 연결해서 생각해보는 것도 하나의 가능성이야. 만약에 박 회장이 여러 사람과 원한관계를 맺지 않았다면 말이야……"

"글쎄, 그것 참……"

현수는 박 회장의 죽음에 대한 그가 가진 의문이 점차 압축되어 오자 불안해졌다. 처음 박 회장의 몸에서 이상을 발견했을 땐 의사로서의 양심 때문에 그냥 지나치기 힘들었지만 막상 그 의문이 어느 정도 현실로 드러나고 사건화되면서 어쩔 수 없이 마음이 무거워지는 것이었다. 정말 그가 예상한 최악의 경우처럼 누군가가 죽어가는 박 회장에게 인위적인 위해를 가했다면 자신은 어떻게 할 것인가. 아직은 심각하게 생각해보진 않았지만 어느 시점에 가선 명확한 태도를 취해야 할 터였다.

"그래, 그 박 회장은 어떤 사람이었대?"

"응. 그 부분도 제법 얘깃거리가 돼. 그 사람이 이북 출신이란 건 일전에 얘기했었지? 그런데 홀홀단신으로 월남한 모양이야. 그리고 늦은 나이에 결혼했는지 장남도 생각보다 젊대. 그러나 지금 부인은 세 번째라더군. 각 부인마다 아들을 하나씩 뒀는데 지금 부인에게서 난 막내가 이제 겨우 중학생이라는 거야. 박 회장 나이가 여든이 넘었는데 말이야."

"그렇다면 재산상속과정에서 어떤 다툼이 있었던 것은 아닐까?"

"그건 아닐 거야. 알려진 바론 두 번 이혼하고 지금 부인과 세 번째 결혼했지만 재산의 대부분은 전처소생의 장남과 차남에게 돌아가고 막내에겐 먹고 살기에 넉넉한 정도의 금액만 남겼대. 그리고 그 일로 시끄러운 적도 없었구. 그러니까 집안문제는 아닌 것 같아."

"그럼 얘긴 결국 그 경비원이나 오다리 아저씨 쪽으로 다시 돌아오는 건가?"

"지금으로선. 그래서 이따가 퇴근시간에 관리반장 남씨란 사람과 만나기로 약속해 놓았어. 강형도 같이 가자구."

"그러지."

오후 일과가 시작되고 퇴근시간이 될 때까지 바쁘게 움직이면서도 현수는 박 회장의 죽음에 관한 생각을 떨치지 못했다. 차라리 그 오다리 아저씨가 닥터 최나 자신이 의심하는 사람이 아니었으면 싶었다. 그렇잖으면 그 사람이 잠적해버려 더 이상 추적이 불가능하게 되었으면 싶기도 했다. 의사를 능멸하며 죽어가는 환자에게 위해를 가한 사람이 어디에선가 조소하고 있을 거라는 생각을 하면 참을 수 없으면서도 막상 그런 인문이 실제로 드러난다는 건 두려웠던 것이다. 그러나 그것 또한 하나의 생각일 뿐이었다.

퇴근 후 병원을 나와 현수는 닥터 최와 약속장소로 향했다. 약속 장소는 병원에서 한 블록 떨어진 상가 건물의 지하다방이었다. 길을 걸으면서 현수는 연신 어깨를 움츠렸다. 겨울로 들어서고서도 계속 푸근한 날씨를 보이더니 지난 주말부터 기온이 급강하해 몹시 추웠다.

퇴근 무렵이라 다방 안은 상당히 붐볐다. 관리반장 남씨는 먼저 와 있었다. 남 반장은 현수도 낯이 익은 사십대 중반의 남자였다.

차를 시키고 몇마디 인사치레의 근황을 주고받다

가 닥터 최가 먼저 남 반장에게 물었다.

"그 사람이 신준섭이랬죠? 그 사람 연배가 어느 정도 됩니까?"

"서류상으로는 쉰여섯입니다만 그보다는 조금 젊어 보였습니다."

"쉰여섯이라…… 나이가 좀 많군요. 그런 일을 하기엔."

"요즘은 사람 구하기가 힘들어 그런 일 하는 사람들 나이가 점차 많아지는 추세죠. 그런데 그 사람과 무슨 일이 있는 겁니까?"

의사가 용원에 대해 어쩌다 한 번도 아니고 따로 만나서까지 묻는 게 남 반장도 조금 이상한 생각이 드는 모양이었다.

"아, 아닙니다. 병원일과 관계없이 개인적으로 좀 알고 싶은 게 있어서 그럽니다만 별일은 아닙니다."

남 반장의 물음에 닥터 최가 적당히 얼버무렸다. 얘기 나누는 것으로 봐서 닥터 최도 지난해 십일월 하순경 남 반장에게 알아본 이후로 처음 만나는 듯했다.

"그 사람 어떻게 채용하게 됐죠?"

"그건 성 계장님도 잘 아실 겁니다만 전에 일하던

사람의 소개로 들어온 것 같습니다."

"소개한 사람은……?"

"작년 여름엔가 그만뒀죠."

"신준섭씨 평소 어땠습니까?"

"전에도 말씀드린 대로 조금 특이했습니다. 하지만 뭐, 특이했다고 해서 이상한 행동 같은 걸 했다는 뜻은 아닙니다. 그저 말수가 적고 남들과 잘 어울리지 않는 등 주로 혼자서 행동했다는 정도죠. 그리고 별로 학식이 있는 것 같지는 않으면서도 지적인 면이 있어 뵌다든가…… 아무튼 약간 독특한 분위기가 느껴지는 그런 사람이었습니다."

"그 사람 고향은 어딥니까?"

그때까지 잠자코 있던 현수가 물었다. 그러자 남반장이 양복 안 주머니에서 종이 접은 것을 꺼냈다.

"이게 그 사람 이력서를 복사한 겁니다. 이력서에 의하면 그 사람 고향이 황해도 연백군으로 되어 있습니다."

"그래요?"

현수는 신준섭씨의 고향이 이북이라는 사실에 주목했다. 우연의 일치인지는 몰라도, 닥터 최가 그의 부친으로부터 들은 바에 의하면 죽은 박 회장 또한 이북 출신이었던 것이다. 물론 박 회장은 월남한 후 호적을 남쪽으로 갱신하기 했지만.

"그 사람 그만둔 뒤 혹시 연락 같은 거 온 적은 없습니까?"

"지난달에 퇴직금 관계로 서너 차례 연락이 있었던 모양입니다. 하지만 지금은 퇴직금도 다 입금되었을 테니까 특별히 연락할 일은 없겠지요."

"왜 그만둔단 얘긴 안 하던가요?"

"글쎄요. 그런 일 하는 사람들은 이직률이 높아서 누가 그만둔다고 해도 저로선 그다지 관심이 가지 않는 편이었죠. 그래서 제가 묻지도 않았지만 본인도 거기에 대해선 말이 없더군요."

날라온 차를 마시며 남 반장이 고개를 갸웃거렸다. 현수는 남 반장으로부터 이력서를 받아들고 기록사항을 훑어본 후 닥터 최에게 건넸다. 이력서 내용으론 신준섭씨는 오래 전에 지방에서 중학교를 중퇴한 걸로 돼 있었다. 그러나 박 회장의 회사에서 근무했던 사실은 말할 것도 없고 다른 경력사항도 거의 기재되어 있지 않았다. 따라서 언제 서울로 올라왔는지, 그리고 그동안 어떤 일을 하며 지냈는지 이력서의 기록으로는 전혀 알 수가 없었다.

남 반장과 헤어진 후 다방을 나와 현수는 닥터 최와 다음 버스정류장이 있는 국회의사당 방향으로 거슬러 올라갔다. 걸으면서 먼저 입을 연 것은 닥터 최였다.

"이젠 어떡하지? 우리 주변에서 알아볼만한 덴 대충 알아본 셈인데. 물론 무엇 하나 명확하게 밝혀진 건 없지만……"

"글쎄……"

현수 자신과 마찬가지로 닥터 최 역시 이제 남 반장이 얘기했던 신준섭이란 사람을 직접 만나볼 수밖에 없다는 결론에 이르렀으리라. 그렇지만 닥터 최가 바라든, 바라지 않든 이쯤에서 그를 풀어주어야 한다고 현수는 생각했다. 더 이상 닥터 최를 붙잡아두는 건 자칫 그와 무관한 일로 그에게 심적 부담을 안기는 결과로 이어질 수도 있었다. 어디까지나 박 회장의 죽음에 관한 문제는 현수 자신의 일이었다.

"그나저나 이제 최형이 내게 해줄 수 있는 일은 다한 것 같아. 고마워, 여러 가지로 신경써줘서……"

"고맙긴 뭘. 강형이 그 문제로 혼자서 너무 골몰하는 것 같아 다소나마 책임을 나눠지고 싶었던 거지. 그게 꼭 우리 책임이랄 수도 없는 문제지만……"

"아무튼 고마워."

"강형도 너무 신경 쓰지 마."

"물론 그럴 거야."

"그래, 어쩜 지금까지 우리는 별일도 아닌 걸 가지고 너무 민감한 반응을 보였는지도 모르는 거니까."

닥터 최도 현수의 선의를 헤아렸는지 선선히 물러날 뜻을 비쳤다.

5

닥터 최처럼 박 회장의 죽음문제에서 물러나게 해야 한다는 현수의 생각은 정흠에 대해서도 마찬가지였다. 물론 닥터 최에 대해선 그에게 공연함 심적 부담을 주지 않아야 한다는 측면이 강했지만 정흠까지도 관련시키지 않고자 한 것은 가급적 조용히 일을 처리하려는 생각이었던 것이다. 그래서 남 반장을 만나고 삼사 일 뒤 오랜만에 집으로 들른 정흠이 현수가 신준섭이란 사람을 찾아보겠다고 하자 함께 가줄까 하고 물었을 때에도 그렇게 얘기했다.

"그러니까 혼자 만나보겠다는 거지?"

"그편이 그쪽에도 낫지 않겠습니까."

"그건 그렇겠지. 이쪽에서 여러 사람 나타나면 당혹스러울 수도 있을 테니까. 물론 아직 그 사람이 우리가 생각하고 있는 사람과 일치하는지 아닌지도 모르긴 하지만……"

"그러니까 더욱 확인해보고 싶은 거죠."

현수도 신준섭이란 사람을 만나보는 것으로 박 회장문제를 일단락지을 작정이었다. 그 사람이 박 회장에게 위해를 가한 사람이건 아니건 더 이상 그 문제에 관해서 추적해볼 방법이 없었던 것이다.

"그러나 왠지 나는 그 사람에게 심증이 가는군."

정흠이 미간을 좁히며 혼잣말처럼 나직이 중얼거렸다.

"왜 그렇게 생각하시죠, 형님은? 박 회장이 죽자마자 그 사람이 병원을 그만둬서요?"

"그런 점도 포함헤서 어려모로 공교로운 점이 많잖아? 그러나 내가 이 일을 심각하게 생각하는 것은 박 회장이란 인물 자체가 남에게 위해를 당할 소지가 많았다는 사실 때문이야."

그러면서 정흠은 현수가 닥터 최로부터 들었던 박 회장의 사무실이 회사 경비원으로 말미암아 난리를 치렀던 얘기를 했다.

"아니, 형님이 그 사실을 어떻게 알고 계십니까?"

현수의 반문에 정흠은 한번 멋쩍게 웃고 나서 말을 이었다.

"그러게 내가 기자의 취재벽을 못 버리고 있다지 않았어? 내 친구들 중에 경제신문의 기자들이 몇 명 있지. 그 친구들을 통해서 박 회장에 대해 좀 알아봤던 거야."

"그래, 박 회장이란 사람은 어떤 인물이었습니까?"

"한마디로 철두철미한 사람이었던 것 같아. 왜, 법을 어기지 않으면서도 악랄한 짓을 교묘히 하는 사람들 있잖아?"

"구체적으로 어떤······?"

"가령, 다른 사람과 동업으로 사업을 시작하구선 그 규모가 커지면 커진 만큼은 자신의 몫으로 돌려놓고 본래 지분만 주고 결별하는 식으로 해서 지금의 회사도 키웠다더군."

"그게 가능한 얘기입니까?"

"그러니까 교묘하다는 거지. 법적으로는 하자가 없으면서도 실제론 법을 악용한 셈이니까."

"그렇다면 박 회장에게 원한을 품은 사람들도 많겠군요?"

"그러나 나는 이번 일을 박 회장의 사업과 관련된 것으로는 생각지 않아. 죽기 전까지 아무 일도 없었으니까. 그보다는 박 회장이 그런 사람인만큼 사업과 관련이 없는 쪽에서도 어떤 문제가 있지 않았을까 하고 나름대로 추측해보는 거지."

"정말 형님, 이 일에 진지하시군요."

"그럼. 죽기 직전의 사람에게 일부러 위해를 가한다는 게 말이 그렇지 어디 상상이나 될 법한 일인가. 하지만 내가 이렇게 된 덴 현수의 책임도 있어."

정흠이 현수를 향해 한쪽 눈을 찡긋하며 장난스러운 얼굴을 했다.

"그건 또 무슨 말씀이시죠?"

"내가 이렇게 된 게 현수의 의사로서의 역량에 대한 굳은 신뢰로 시작되었기 때문이지. 다른 사람이 처음 박 회장의 얘기를 했다면 내가 믿기나 했겠어."

"원 형님두."

"그나저나 전문의시험 본 소감은 어때? 물으나마나 나겠지만⋯⋯"

"글쎄요⋯⋯"

정흠이 다녀간 그 주 일요일, 아침 일찍 현수는 남 반장이 일러준 주소를 가지고 신준섭이란 사람을 찾아 나섰다.

신준섭씨의 집은 의외로 쉽게 찾을 수 있었다. 부근까지 버스로 간 후 두 군데의 복덕방에 들러 확인한 신준섭씨의 집은 금호동 산동네의 중턱에 위치하고 있었다.

산동네의 중턱이라고 했지만 큰길에서 가파른 언덕길을 한참 걸어 올라가야 했다. 신준섭씨의 집은 스무 평이 채 못 될 듯한, 칠십 년대까지 흔히 보아왔던 구(舊) 서울의 전형적인 서민들의 가옥이었다. 붉은 기와는 색이 바랠 대로 바래고 블록 담장은 군데군데 금이 가 금방이라도 쓰러질 듯 위태로웠다. 현수는 대문 앞에 서서 문패부터 확인했다. 오래된 나무문패엔 역시 희미했지만 '신준섭'이란 이름이 분명히 씌어져 있었다.

현수는 거칠어진 숨결을 가다듬으며 고개를 돌려 잠시 아래쪽으로 눈을 주었다. 서민들이 사는 산동네지만 한강이 고스란히 내려다뵈는 전망을 훌륭했다. 맞은편 산동네엔 아파트가 신축중이었다.

한번 심호흡을 한 후 현수는 돌아서서 대문의 벨을 눌렀다.

"누구십니까?"

곧바로 안에서 누가 나오는 인기척이 나더니 이어서 중년남자의 목소리가 들려왔다.

"저, 여기 신준섭 선생님 댁 맞죠?"

"그런데요. 어디서 오셨습니까?"

"저, 병원에서 왔습니다만 신 선생님 계십니까?"

그러자 대문이 열리며 한 중년남자가 얼굴을 드러냈다.

그와 눈길이 마주치는 순간 현수는 직감으로 제대로 찾아왔다는 생각을 했다. 짧은 순간의 직감이지만 그의 눈빛이 현수 자신을 알고 있다고 느껴졌던 것이다. 아니나 다를까.

"들어오십시오."

찾아온 용무를 묻지도 않고 그는 현수를 집 안으로 들어오게 했다. 까칠한 햇살에 하얗게 빛나는, 시멘트로 덮인 손바닥만한 마당을 거쳐 현수는 그를 따라 방 안으로 들어섰다.

그런데 방 안으로 들어서면서 현수는 내심 놀랐다. 남루한 산동네 가옥의 일반적인 겉모습과는 달리 방 안은 뜻밖에 잘 정돈되어 있었던 것이다. 결코 넓다고 할 수 없는 방 안은 한지로 된 장판이 깔려 있고 낡긴 했지만 장롱·문갑 등 세간을 그동안 얼마나 닦았는지 반들반들 광택이 흘렀다. 아무리 둘러봐도 먼지 하나 없을 정도로 방 안은 깨끗했다.

"신 선생님 되십니까?"

집주인의 권유로 자리에 앉자 현수가 물었다.

"그렇습니다. 강현수 선생님이시죠?"

"제 이름을 어떻게……? 혹시 저를 아십니까?"

현수는 깜짝 놀라 되물었다.

"성함이야 병원에 있을 때 가운의 명찰에서 보았습니다만…… 잠시만 기다려주십시오."

신준섭씨는 현수를 앉혀놓은 채 밖으로 나갔다. 그 사이 현수는 다시 한 번 방 안을 둘러보았다. 집주인

의 성격을 그대로 드러내는 듯한 방 안 입구 쪽으로
는 수석 몇 점이 놓여 있고 문갑 위엔 책 몇 권이
쌓여 있었다. 그 책들은 대개 인문과학서적이었다.

"죄송합니다. 혼자 살다보니 손님이 오셔도 대접
할만한 게 변변찮아서……"

커피포트와 찻잔을 소반에 받쳐 들고 들어와 현수
앞에 앉으며 신준섭씨가 말했다.

"괜찮습니다."

잠시 침묵이 흘렀다. 이윽고 신준섭씨가 먼저 입을
열었다.

"집 찾기가 힘드셨지요?"

"아니, 별로요."

"언젠가 찾아오실지도 모른다는 생각은 하고 있었
습니다."

"……그랬습니까?"

신준섭씨는 현수가 갖고 있는 의문들을 모두 시인
한다는 표정이었다.

현수는 가만히 신준섭씨를 바라보았다. 남 반장이
말했던 대로 병원 용원을 한 사람으로는 지적인 면이
느껴지는 얼굴이었다. 그리고 쉰여섯이란 나이에 비

해 몇 년은 젊어 보였다.

"그래서 늘 마음이 편찮았습니다."

"제가 이렇게 찾아뵙게 된 것은 일차적으로 저의 의문을 확인하기 위해섭니다."

"그렇다면 맞게 찾아오신 거지요. 그러나 제가 마음이 편치 못했다는 것은 저의 신상 때문이 아니라 강 선생님에 대해섭니다. 제가 저지른 일이야 얼마든지 스스로 죗값을 달게 받을 수도 있는 문제지만 그 일로 해서 선생님께는 지울 수 없는 욕된 기억을 남겼으니까요."

고개를 숙인 신준섭씨의 눈꺼풀이 미세하게 떨렸다. 알 수 없는 두려움에 현수의 목소리도 떨렸다.

"왜 그러셨습니까? 아니, 어떻게 그런 일이 가능하기나 했습니까?"

"어렵긴 했지만 불가능한 일은 아니었지요."

"어, 어떻게……?"

신준섭씨는 고개를 들어 현수를 한차례 바라보고는 다시 눈을 내리깔았다.

"강 선생님도 아시다시피 저희가 중환자실을 드나드는 것은 일상 있는 일이지요. 그리고 아무도 신경을 쓰지 않구요. 의사나 환자 모두에게 저희는 다른 시설물들처럼 있어도 없는 존재 같으니까요. 그래서 스테이션의 간호사나 환자 곁의 인턴들은 저희가 들어가도 별로 주의를 하지 않지요. 그날 밤 중환자실 복도에서 저는 기회를 보고 있었습니다. 마침 박 회장을 지키고 있던 인턴이 나오더군요. 아마 화장실에라도 가려는 것이었겠지요. 그사이 저는 스테이션을 거쳐 중환자실로 들어갔습니다. 그리고 박 회장의 팔에 꽂혀 있던 링거 호스의 레버를 살짝 돌려놓았던 거지요."

어느 정도 그럴 가능성을 떠올려보긴 했지만 막상 신준섭씨의 얘기를 들으며 현수는 절묘하다는 느낌을 받았다. 그의 말대로 링거 호스의 레버를 조금만 돌려놓으면 혈관으로 투여되는 약물속도가 빨라져 환자에겐 영향을 미치지만 스테이션의 환자검시기로는 이상을 쉽게 발견하기가 어려웠다. 검시기 화면의 그래프가 다소 변화를 나타내어도 죽음을 앞둔 환자가 악화되고 있는 현상의 자연스런 과정 정도로 여겨질 수도 있기 때문이었다.

"그리고는요?"

"그리고 두 시간쯤 지나 새 쓰레기통을 들고 들어가 헌 쓰레기통과 교체하며 링거 호스의 레버를 원상태로 돌려놓았습니다. 다행히 링거병이 호흡기 호스의 반대편인 침대 발치에 걸려 있었으므로 호스의 레버를 돌려놓는 걸 인턴도 눈치 채지 못했지요."

"링거 호스 레버는 왜 원래대로 돌려놓았습니까?"

"제 행위가 드러나는 게 두려웠던 것은 아닙니다. 아까도 말씀드렸다시피 그 일을 할 때 전 이미 각오가 돼 있었습니다. 다만 레버를 돌려놓지 않을 경우 그 일이 드러나고 문제가 되어 여러 사람에게 폐를 끼치게 되는 걸 피하고 싶었을 뿐입니다. 그래서 내심으로는 환자의 이상을 아무도 발견하지 못하고 그대로 넘어가게 되길 바랐던 거지요. 의사분들이 그 일로 심려하게 되는 건 정말 제가 원했던 바가 아니었으니까요."

신준섭씨의 얘기는 그동안 현수가 우려와 함께 가정했던 상황과 거의 일치했다. 도대체 죽음에 임박한 박 회장에게 위험을 무릅쓰고 위해를 가한 그의 무모함을 어떻게 이해할 것인가. 신준섭씨가 위해를 가했건 안 했건 박 회장의 죽음은 기정사실이었다. 따라서 예정되었던 죽음이라는 결과만을 놓고 볼 때 내용적으로 크게 달라진 것은 없었다. 그러나 그의 행위는 엄연한 범죄였다.

일요일 오전의 산동네는 의외로 조용한데 커피포트의 물 끓는 소리가 두근거리는 가슴처럼 현수의 귀를 혼란스럽게 했다. 유규는 한숨조차 편하게 내쉴 수가 없었다.

"박 회장의 죽음이 임박했다는 사실은 모르고 계셨습니까?"

"아니, 알고 있었지요."

조금 전까지와 달리 신준섭씨의 목소리는 결연한 빛깔이 담겨 있었다.

"전에 혹시 박 회장의 회사에 근무하시지 않았습니까?"

"몇 년 전에 한동안 근무한 적이 있습니다. 경비원으로요."

"그렇다면 결국 선생님께선 시기까지 정해놓고 그일을 오래 전부터 치밀하게 준비하셨다는 뜻이 되는데요?"

"사실이 그렇습니다."

"그 박 회장과 선생님 사이엔 대체 무슨 일이 있는 겁니까?"

현수의 물음에 신준섭씨는 대답 대신 커피포트의 코드를 뽑고 녹차 잎 사귀가 담긴 찻잔에 물을 부었다. 그리고 녹차 잎사귀가 가라앉고 찻잔의 물이 노란 빛깔을 띨 때까지 잠자코 있었다.

"무슨 말 못한 사정이 계셨으리라 짐작은 합니다만……"

침묵이 길어지자 차를 한 모금 마시고 나서 현수가 먼저 말문을 열었다.

"아니, 제가 말씀드리죠. 박 회장은 제 고향사람이었습니다."

"황해도 연백 말이죠?"

"알고 계시는군요."

"선생님의 이력서에서 보았습니다."

"그곳에 살 때 저희는 적잖은 토지를 소유한, 말하자면 제법 행세를 하는 지주 집안이었습니다. 그런데 해방이 되면서 형편이 완전히 달라졌지요. 아시겠지만 친일파 내지는 지주에 대한 일대 검거가 시작되었던 겁니다. 그 와중에 가장이던 조부께서 체포되었지요. 소련군이 진주하기 전이었지만 토착 공산세력들은 이미 자치대·치안대 등을 조직하고 있었고 그 위세가 대단했습니다. 그러다가 해방 후 열흘쯤 뒤엔가 소련군이 들어오고 다음 달 구월에 저희 고장에도 인민위원회가 조직되었는데 치안대의 일원으로 조부를 체포하는 데 앞장섰던 박 회장은 자연스럽게 그 위원회의 간부가 되었지요."

"박 회장이 선생님의 조부님을 체포하는 데 앞장섰던 이유가 있습니까?"

"약간의 구원(舊怨)이 있긴 했었던 모양입니다. 저도 어려웠을 때니까 자세히는 모릅니다만 박 회장의 아버지대(代)에 얼마간의 토지를 저희 집안으로 넘기게 되었던 것 같습니다. 그러나 들은 바로는, 그 사람의 아버지는 소문난 노름꾼이었고 오히려 조부께선 시가 이상의 값에 억지로 그 땅을 떠맡다시피 했다는 얘기였습니다. 그러나 그것은 지나간 일이고…… 그보다 해방과 함께 세상이 바뀌면서 박 회장은 누구보다 당에 열성적인 모습을 과시하고 싶었던 건지도 모르겠습니다. 그 사람이 주동이 되어 체포한 건 조부뿐만이 아니었으니까요."

"그래서 조부님께선 어떻게 되셨습니까?"

"체포되어 수감 중이던 사람들 가운데 죄질이 무겁다고 인정된 일부가 한 달도 안 돼 인민재판을 받고 즉결처형을 당했는데 조부께서도 그 속에 포함되었던 거지요."

"그러셨군요."

"그 후 저희 가족은 반동 집안으로 몰려 심한 핍박을 받았습니다. 그래도 한동안 그럭저럭 견디며 지냈는데 이듬해 상황이 더욱 나빠졌지요. 처음 사륙제니 삼칠제니 하면서도 이전의 소작제도가 그런대로 유지되던 덕분에 갖고 있던 토지를 이듬해 삼월에 토지개혁과 함께 완전 몰수당하게 된 겁니다. 그러나 그때 저희 가족들에게 정작 두려웠던 것은 땅을 빼앗긴다는 사실보다 그 다음에 닥칠 불안한 미래였지요. 정말이지 당시의 돌아가는 분위기로 봐서 어떤 위험이 닥칠지 알 수가 없었습니다. 마침내 아버님께서 가족들과 함께 남하할 결심을 하셨지요. 하지만 그것도 어려운 일이었습니다. 저희 집안에 대한 감시가 어지간했어야죠. 결국 토지개혁 직전, 당시 열 살이던 저는 저보다 열 살 위의 막내삼촌과 둘이서만 먼저 남쪽으로 내려왔습니다. 그러나 그게 부모님과 가족들과 영원히 헤어지는 일이 될 줄은 그땐 차마 짐작도 못했지요. 그로부터 꼭 사십육 년이 흘렀습니다."

잠시 얘기를 중단한 신준섭씨는 짙은 한숨을 길게 내쉬었다. 현수의 시선을 피해 문 쪽으로 돌린 그의 얼굴엔 숙연한 빛이 감돌았다.

"내려오셔선 어떻게 지내셨습니까?"

"처음 이삼 년은 가지고 온 돈으로 어렵게나마 생활은 되었지요. 그러다가 전쟁이 나고 삼촌은 입대했습니다. 열세 살의 저는 조금 많은 나이로 부산에 있는 고아원에 맡겨졌구요. 그러나 전쟁이 채 끝나기도 전에 삼촌은 전투에서 다리 하나를 잃고 말았습니다. 그 후 삼촌은 삼 년 전 돌아가실 때까지 결혼도 하지 않고 평생 저와 함께 살았습니다. 그렇지만 세월의 신산이란 이루 말할 수가 없었지요."

"그럼 결국 부모님이나 다른 가족들은 내려오지 못한 겁니까?"

"아마 그런 모양입니다."

"혹, 소식 같은 거라도……?"

"그렇잖아도 전쟁이 끝날 무렵 부산에서 우연히

고향사람 한 분을 만나게 되었습니다. 그분 말씀이 저와 삼촌이 떠나고 얼마 후 저희 가족은 토지를 몰수당하면서 다른 곳으로 이주되었다더군요."

"다른 곳이라면……?"

"확실한 건 아니지만 집단농장이나 수용소 같은 곳이 아닐까 싶습니다. 그런데 그때에도 박 회장이 앞장을 섰다는 얘기였어요."

"박 회장은 어떻게 만나게 된 겁니까?"

"그 사람을 어떻게 만나게 됐느냐 하면……"

신준섭씨는 찻잔의 차를 마저 비우고 잠시 기억을 더듬는 듯하다가 얘기를 계속했다.

"수년 전에 남북이산가족 찾기 운동이 있었잖습니까. 그때 저는 거기서 삼촌과 며칠을 보냈습니다. 가능성이 없다고 생각하면서도 행여 가족 중의 누군가 남쪽으로 내려오지 않았을까 하는 일말의 기대를 갖구서요. 그러다가 거기서 놀랍게도 박 회장을 만나게 된 겁니다. 물론 처음 저는 그 사람의 얼굴을 알아보지 못했지요. 고향을 떠날 때 저는 열 살의 어린 나이였고 삼십대였던 그 사람의 얼굴도 많이 변해 있었으니까요. 그런데 삼촌이 첫눈에 알아봤던 겁니다."

"그 사람 반응이 어땠습니까?"

"잠시 당황하는 듯하더니 금세 사람을 잘못 봤다는 식으로 시침을 떼고는 바삐 사라지고 말았습니다. 그러나 그곳에 있던 주위 사람들의 얘기로 박 회장이 을지로에서 회사를 하고 있다는 사실을 알게 되었지요."

"그런데 조금 이상하군요. 공산당원이었던 그 사람이 어떻게 남쪽으로 내려왔고 또 수십 년이 지나 그곳에 나타났을까요?"

"글쎄, 저도 자세히는 알 수 없습니다만 여러 갈래로 생각해보니 어느 정도 추측은 됩디다. 해방 직후부터 북쪽에서 국내 공산세력과 소련파와의 주도권 다툼이 심했어요. 초기엔 어느 정도 양쪽이 세력의 균형을 이루었지만 점차 시간이 지날수록 국내파가 소련파에게 밀렸지요. 그런 과정에서 아마 박 회장도 활동무대를 남쪽으로 바꾸지 않았나 싶습니다. 내 생각으론 전쟁중에도 남쪽에서 활약하다가 다시 올라가지 못했던 것 같아요. 전쟁 말기 분위기로 봐서 올라가면 책임추궁을 당하리란 건 쉽게 예상이 되는 형편이었을 테니까요. 방송국 앞 광장에서의 행동도 이상했습니다. 다른 사람들처럼 피켓을 들고 있었던 것도 아니고 자기 모습이 드러나는 걸 꺼려하는 듯하면서도 누군가를 찾고 있는 것 같았거든요."

"그래서 박 회장의 회사로 들어가게 된 겁니까?"

"그렇습니다. 삼촌이 돌아가신 이듬해의 일이지요. 하지만 그땐 다른 생각은 없었고 오로지 가족들의 소식을 알고 싶다는 일념뿐이었습니다."

"그런데요?"

"어느 날 보일러를 손본다는 구실로 박 회장의 방에 들어갔다가 제 얘기를 꺼내게 된 거지요. 그러나 그는 끝내 시침을 뗐습니다. 자기는 그쪽에 살지도 않았고 저희 가족도 모른다면서. 몇 번 고성이 오가긴 했지만 소문처럼 큰 소동이 있었던 아닙니다. 오히려 저는 감정을 억제하며 물러나왔지요. 물론 애써 감정을 억제했던 건 다음 일을 생각해서였지만⋯⋯"

"다음 일이라면⋯⋯?"

"그때까진 구체적인 계획은 없었지만 어쨌건 박 회장 같은 사람이 온전하게 살아갈 수 있다는 건 부당하다는 생각을 했습니다. 그래서 그 회사에 근무할 적에 박 회장이 한차례 수술을 받은 일이 있다는 소릴 들었던 저는 그 사람이 계속 병원에 다닌다는 사실을 알고 병원에 취직하게 된 거지요."

"행동이야 그렇게 했지만 역사의 큰 흐름에서 박 회장도 어쩜 피해자란 생각은 안 해보셨나요?"

그러나 의외로 신준섭씨의 태도는 단호했다.

"천만에요. 제가 박 회장을 증오했던 건 그 사람이 공산당원이었다거나 당원으로서 제 가족을 파멸시켰기 때문만은 아닙니다. 그보다는 한 인간이 철저한 공산주의자였으면서도 동시에 완벽한 민주시민일 수 있다는 사실이 참기 어려웠던 겁니다."

"그게 무슨 말씀이시죠?"

"전 그렇게 생각합니다. 과정이야 어쨌든, 공산주의나 민주주의가 모두 그 출발은 인간을 위해서였을 거라구요. 그러나 그 둘 중 어느 한쪽이 잘못으로 판명되었다면 거기에 수긍해야 한다고 말입니다. 다시 말해, 박 회장 같은 사람이 이 땅에서도 편히 사는 것이야 그럴 수 있는 일이라 하더라도 그러려면 공산당원으로서의 과거만큼은 잘못이었음을 인정해야 했다는 뜻입니다."

"그 사람도 부인하지 않았을 테죠."

"전 그렇게 생각지 않습니다. 정말 그 사람이 인정했다면 적어도 제 가족의 생사와 안위에 대해서 함께 걱정하는 모습을 보였어야지요. 혹, 강 선생님께선 현실적으로 그럴 수 있겠느냐고 생각하실지도 모르겠지만 그러나, 그 사람이 자기 과거의 잘못을 제게 인정하는 것은 생사조차 알 수 없는 제 가족이 겪었을 고통과 저의 아픔에 비하면 아무 것도 아닙니다. 전…… 결코 그 사람을 용서할 수 없었고…… 최소한 천수를 누리게 하고 싶지는 않았습니다."

감정이 격해지는지 신준섭씨의 말소리는 몇 번씩 끊기면서 그 사이사이로 희미하게 울음이 섞여들었다.

현수는 더 이상 대꾸조차 할 수 없는 착잡한 심정이었다.

6

신준섭씨를 만났던 다음 토요일, 전문의(專門醫) 시험 발표가 있었다. 혹시나 하는 기대가 전혀 없지는 않았지만 차마 예상을 하지 못했던 현수는 수석합격을 했다. 그리고 수석합격을 한 덕분에 대학병원에 그대로 남을 수가 있게 되었다. 닥터 최 역시 상위권으로 합격을 하여 병원측으로부터 남아달라는 제의를 받았지만 그는 자기 부친이 운영하는 병원으로 일자리를 옮겼다.

다음 달 둘째 일요일인 이월 초순, 집에서 현수의 전문의 합격을 축하하는 모임이 있었다. 형이 마련한 그 자리엔 당연히 정흠도 참석했다.

식사가 끝나고 현수가 잠시 자기 방에서 담배를 피우고 있는데 정흠이 들어왔다. 현수는 신준섭씨를 만났던 일을 소상히 들려주었다.

"나중엔 이런 얘기까지 하더군요. 현재 독일에선 통일 후 해외에 망명해 있던 동독의 서기장 호네커를 소환해서 수감시켜 놓고 재판을 할 예정인데 지금 우리에겐 북쪽의 집권세력을 그렇게 할 조짐이 보이지 않는다구요."

"그게 말이 되지 않는다는 거지?"

"그 사람 생각은 이랬어요. 통일은 자기도 간절히 바라는 일이지만 북쪽의 집권세력을 그대로 인정하는 상태에서의 통일은 있을 수 없다구요. 그럴 때 북쪽 권력집단에 의해 운명을 난도질당한 자기 같은 사람들은 어떡할 거냐는 거죠. 물론 자기주장이 절대적인 것은 아니라 하더라도 통일을 위해 북쪽과 접촉할 땐 마땅히 그들에게 당했던 사람들의 정서는 참작이 돼야 한다는 얘기였습니다. 말하자면, 통일 후의 구체적인 방안도 없이 시류를 타고 너나 할 것 없이 무조건 북쪽과 접촉하는 분위기에 대한 저항감 같은 거랄까요."

"결국 독일식 흡수통일을 바란다는 거군."

"그렇게 명확하게 단정 지을 수는 없지만 어쨌건 통일 후에도 북쪽 권력층의 기득권이 그대로 인정돼선 안 된다는 신념 같은 게 있었어요. 그러지 못할 바에야 통일이 늦어져도 할 수 없다는 거죠."

"일리 있는 얘기군. 그런데 그 사람 가족은 없어?"

"대학교에 다니는 아들이 하나 있는데 기숙사 생활을 하기 때문에 혼자 지낸다고 했어요."

"부인은 없고?"

"아들이 어렸을 때 집을 나갔대요. 불구인 시삼촌을 모시기 싫어했던가 봐요. 하지만 자기로선 불구의 몸으로 중학교까지나마 보내준 삼촌을 결코 저버릴 수가 없었다더군요."

"그럴 수도 있겠네."

"그래도 그 사람, 말년은 지난날보다 비참하지 않다고 생각됩니다. 대학에 다니는 아들도 있고 지금 있는 집이 곧 재개발될 예정이어서 아파트도 한 채 장만하게 될 거라니까요."

"그나저나 박 회장 문젠 어떻게 결론을 내긴 했어?"

"그게……"

현수는 피우던 담배를 끄고 다시 새 담배를 피워 물었다. 그리고 빨아들인 연기를 길게 내뿜었다.

"그게 지금도 참 어려운 문젭니다. 저로서도 어찌할 수 없는 일이라서 그 사람 판단에 맡기기로 했습니다."

분명히 신준섭씨의 행위는 박 회장의 남아 있는 생명의 얼마간을 단축시켰을 터이고 그것은 엄연한 범죄였다. 그러나 신준섭씨가 염려하는 것은 자신의 자수로 인해 현수가 곤란해지지나 않을까 하는 점이었다. 그런 그의 심중을 의심하지 않는 현수로서는 자신은 괜찮으니 자수하라고 할 수는 더욱 없었다.

"그 사람이 자수할까?"

"모르죠."

"어쩜 자수 안 할 것 같아. 그러나 그렇다면 그건 그 사람 말대로 현수를 위해서 일거야. 하긴 자수를 하지 않는다고 해도 편한 마음일 순 없겠지."

"저도 마음이 편할 수야 없죠. 의사로서의 양심 문젠 그대로 남는 거니까요."

현수는 새삼 우울한 심정이 되었다.

"어쩔 수 없지. 시간이 지나가길 기다려보는 수밖에는."

정흠도 덩달아 무거운 표정을 지었다.

삼월이 오고 대학병원 창가의 노란 개나리가 아직 시린 기운이 느껴지는 햇살 속에서 눈부실 때쯤 현수는 신준섭씨에 대해 웬만큼 잊게 되었다. 우선 바쁘기도 했지만 이따금 그에 대한 생각이 떠올라도 전보다 많이 덤덤해질 수 있었다.

그런 어느 날, 현수는 신준섭씨의 아들로부터 편지를 받았다. 지병으로 고생하던 신준섭씨가 며칠 전 세상을 떴다는 내용이었다. 병명을 밝히진 않았지만 현수는 편지 내용을 믿기로 했다. 무심코 눈길을 준 창밖은 삼월 중순을 넘어섰는데도 그날따라 유난히 쌀쌀해 보였다.

작가의 말

 늘 역사를 생각하며 살아야 한다고 생각했다.

 그럴 때 그 펜션은 슬픔과 아픔을 통한 각성의 대상으로 다가왔다.

 우리는 얼마나 주변의 진실을 묻고 살고 있는가.

 한 집단이 내부적으로 갈등하면서 소멸의 길을 걷는 것은 당대의 공동체적 삶에 대한 무관심과 외면에 그 원인이 있다고 여겨진다. 그 현장을 그리는 것이 작가의 몫일 것이다.

 책을 펴 주신 작가와 비평 편집부에 감사드린다.

2020년 1월 25일

김제철